# PSYCHO-PASS サイコパス 3
# FIRST INSPECTOR

華南　恋
サイコパス製作委員会

集英社文庫

## PSYCHO-PASS サイコパス 3 FIRST INSPECTOR 目次

FIRST INSPECTOR 11

### PSYCHO-PASS サイコパス 3〈A〉目次

第一章　ライラプスの召命

第二章　ヘラクレスとセイレーン

### PSYCHO-PASS サイコパス 3〈B〉目次

第二章　ヘラクレスとセイレーン（承前）

第三章　アガメムノンの燔祭

### PSYCHO-PASS サイコパス 3〈C〉目次

第三章　アガメムノンの燔祭（承前）

第四章　Cubism

## 主な登場人物

**慎導灼**（しんどうあらた） 刑事課一係に配属された新人監視官。

**炯・ミハイル・イグナトフ**（けい） 刑事課一係に配属された新人監視官。

**霜月美佳**（しもつきみか） 元一係の監視官、現刑事課課長。

**雛河翔**（ひなかわしょう） 一係執行官。

**廿六木天馬**（とどろきてんま） 一係執行官。上流階級出身の執行官。

**入江一途**（いりえかずみち） 一係執行官。

**如月真緒**（きさらぎまお） 一係執行官。

**唐之杜志恩**（からのもりしおん） 公安局の分析官。

**六合塚弥生**（くにづかやよい） 元一係執行官のフリージャーナリスト。

**花城フレデリカ**（はなしろ） 外務省行動課課長。

**狡噛慎也**（こうがみしんや） 外務省行動課。元執行官。

**宜野座伸元**（ぎのざのぶちか） 外務省行動課。元監視官、執行官。

**須郷徹平**（すごうてっぺい） 外務省行動課。元執行官。

**梓澤廣一**（あずさわこういち） ファーストインスペクター。

**小畑千夜**（おばたちよ） 梓澤とともに行動するクラッカー。

**法斑静火**（ほむらしずか） 若きコングレスマン。

**代銀遙熙**（しろがねはるき） コングレスマン。

**ジャックドー** パスファインダーの残党。

**ヴィクスン** パスファインダーの残党。

**小宮カリナ**（こみや） 東京都知事。

**舞子・マイヤ・ストロンスカヤ**（まいこ） 炯の妻。

**常守朱**（つねもりあかね） かつて一係を率いていた。

PSYCHO-PASS 3

サイコパス

FIRST INSPECTOR

# INTRODUCTION

魂を数値化する巨大監視ネットワーク・シビュラシステムが人々の治安を維持している近未来。刑事たちは公安局の監視官と執行官に名を変え、犯罪を犯した者ではなく、犯罪を犯す可能性のある者――〈潜在犯〉を追う。

刑事課一係に着任した二人の監視官、特A級メンタリスト・慎導灼と、元軍人の炯・ミハイル・イグナトフ。幼馴染であり、強い精神的繋がりで結ばれた、いわばザイルパートナーである。二人は、未解決事件の真相を探っていた。

二一二〇年十月、有明空港近海にて、大型輸送ドローンが墜落する事故が発生。灼と炯は違和感を覚え、捜査を開始する。浮かび上がってきたのは、偶然の連鎖を装った、明らかな犯罪者の意志だった。墜落したドローンを就航するハイパー・トランスポート社、その顧問・些々河が仕掛けた犯罪とは、旧世代の金融システムを模倣した巨大な詐欺。詐欺を告発しようとした会計士・旭・リック・フェロウズは事故に見せかけ殺害された。

偽装事故の手口を看破された些々河は逃亡を図るが、かつて一係、現在は外務省行動課に所属する狡噛慎也と宜野座伸元たちによって拘束、事件は解決した。

一連の事件は、偶然に見せかけ、無自覚な人間たちを動員することにより、誰の色相も濁らせることなく遂行される。システムの間隙をつく犯罪を行う、不可視の犯罪者たち、〈狐〉と呼ばれる存在を、灼と炯は感知する。些々河も歯車の一人に過ぎなかった。

＊

東京都知事選がはじまろうとしている。二人の候補者、アイドル政治家・小宮カリナと元トップアスリート・薬師寺康介の激しい選挙戦のさなか、事件は起こった。カリナのメンタルケア・スタッフだった土谷博士が転落死を遂げたのだ。事故として処理されるべき事件だったが、違和感をぬぐえない灼と一係は捜査を開始した。

捜査の中、灼たちは何者かの襲撃を受ける。襲撃を指示したと思われる容疑者は、廃棄区画を支配するブローカー・榎宮だったが、決定的な証拠をつかむことはできなかった。一方、執行官・廿六木のために停職処分を受けた炯の穴埋めとして、かつての執行官・六合塚弥生が捜査に合流。土谷博士の隠しラボから〈マカリナ〉の存在を知る。〈マカリナ〉は大衆コントロールに特化した人工知能。カリナは選挙に人工知能を利用していたのだった。黒幕の目的は、そのことを暴露し選挙を操ること。カリナを襲撃する榎宮だったが、一係の激しい応戦によってテロは防がれ、逃走。都知事選は小宮カリナが勝利。人工知能を使用した政治が都民、そしてシビュラに容認された瞬間だった。

一方、逃走する榎宮の前に立ち塞がる男がいた。彼の名は梓澤廣一。梓澤の手によって榎宮は始末された。事件後、前任の監視官に接触した炯は、公安局にも〈狐〉がいることを知らされる。廿六木もかつて梓澤の名刺を入手していた。灼と炯は、〈狐〉の気配が近くにあることを感じる。

＊

入国者による宗教活動が解禁される信仰特区構想。そのPRイベントの最中に爆弾を自らの体に埋めこんだ男によるテロが発生、多数の関係者が死亡した。容疑者は生存した宗教団体の代表たち――テレーザ陵駕、ジョセフ・アウマ、トーリ・S・アッシェンバッハはじめ、複数にのぼった。そのうちの一人、PRイベントの主催者・久利須＝矜治・オブライエンを捜査する一係だったが、さらなる爆弾テロが発生、捜査をすすめるうち、容疑者たちが関わったとみられる密貿易の証拠が見つかる。そして、自爆した男たちはいずれもトーリの教団〈ヘブンズリープ〉の信者。一係はそれぞれの捜査を開始する。

教団へ潜入した炯と執行官・如月だったが、トーリによって見破られてしまう。拘束、拷問される炯。トーリは炯の妻・舞子も拉致し、彼の口を割らせようとする。一方、事件の真相へたどりついた灼。入国者たちの置かれた過酷な実態を告発するため、陵駕たちが立てたテロ計画がすべての発端だった。しかし計画は、爆死したと思われた久利須、そしてトーリ、さらに彼らの背後にいる〈ビフロスト〉と呼ばれる大きな力を持った組織によって利用されてしまう。権力の空白化を狙い、都知事を暗殺することが彼らの目的であった。教団への強制捜査によって炯は救出。久利須も死亡、トーリも野望の果てに倒れる。事件は収束したかにみえたが――。

〈狐〉たちを従える〈ビフロスト〉は、その牙を順調に研ぎ続けていた。彼らの正体に近づくため、梓澤に弱みを握られていた如月の証言をたよりに、一係はさらなる捜査へ踏みこむ。そして炯の前に姿を現した法斑静火という男。〈ビフロスト〉の参加者である静火により、炯は彼らの部下・インスペクターとなる。己の目的のため、動き出した梓澤。六合塚がその手にかかり、倒れた。最後の事件が起ころうとしている。

# PSYCHO-PASS 3

サイコパス

## FIRST INSPECTOR

小説：華南恋

原作：サイコパス製作委員会

高架道路の上に、慟哭のようにクラクションが鳴り響いていた。

槍のように突き刺さった鉄骨で、ぐしゃぐしゃになった一台の車。その運転席に六合塚弥生はいた。意志の強い瞳は今は閉じられ、毒リンゴを食べた白雪姫を彷彿とさせる。

クラクションがうるさいな。だが、まるで伝説の女刑事を悼む葬送の鐘みたいではあるか。……いや、まだ死んではいないな。そんなことを思いながら、梓澤廣一はバイクを降り、意識を失った弥生を見下ろした。

無造作に、無遠慮に、その胸元に手を入れて、目当てのものを探る。……あった。厚生省公安局ビルへの入館パス。ありがたくいただき、自分の胸ポケットへとしまう。

「これは俺が有効利用させてもらおう」

六合塚は答えることはない。かすかに胸が上下していることから、まだ生きていることだけは確認できた。

「通報はしてある。あとは君次第だ。……頑張りたまえ」

梓澤は人を殺さない。直接、手を下したりはしない。わざわざ、自分の色相と手を汚すことをする必要性を感じない。

ただ……分岐点を作るだけだ。

汚れた生か、清らかな死か。選択が人の運命を分ける。

この分岐を六合塚が超えられるのかどうか……そのことには、もう興味がない。もっと楽しいゲームがこれから始まるからだ。

梓澤はバイクにまたがると、会場へと向かった。深々と雪が降る中、まっすぐに駆けていく。行く先は――厚生省公安局ビル。

さあ、最高のゲームの幕開けだ。

*

炯・ミハイル・イグナトフはひさしぶりに穏やかなときを過ごしていた。

自宅でのゆったりとした時間。湯気を立てるあたたかなボルシチ。なによりも……最愛の妻、舞子・マイヤ・ストロンスカヤが目の前にいる。いろいろと考えることも心配事も多いが、舞子が帰ってきてくれたことが炯の心を和ませていた。

舞子が以前と変わることなく、ボルシチを掬う姿をついじっくりと眺めてしまう。

……と、その手が途中で止まった。

「電話したよ、あっちゃんに」

「え？」

ふいに出た相棒の名前に、思わず聞き返してしまった。

「殴り返していいよって伝えておいた」

「余計なことを……。殴られるのか、俺は」

微笑む舞子に、眉をひそめて言い返す。彼女に相棒——慎導灼との諍いの内容を話してはいない。灼から聞いたのか。舞子を守れなかった八つ当たりをしたのだ、と。

「たまにはいいじゃない」

幼かった頃の喧嘩の仲裁と同じように、ふんわりと軽く舞子が口にする。そんな簡単な問題じゃない。……自分は、灼にも舞子にも言えないことを抱えてしまった。

これ以上、この話をするのは得策ではない。話をそらそうとしたとき——ポケットの中でデバイスが震えた。

「どうかしたの？」

着信があったのは、インスペクターとして渡されたデバイスだった。発信者は代銀遙熙。舞子に見えていないとわかってはいたが、画面を伏せ、急いで立ち上がった。

「悪い。仕事の連絡だ」

「あっちゃんから？」

「いや、別だ」

舞子が不安そうな顔をしているのは察していたが、無視して自室へと向かう。

すまない。

そう、心の中でだけつぶやいた。

通話に出ると同時に、炯は録音を開始した。

相手が何者であったとしても、証拠を残しておくことは、武器となりうる。

すぐに落ち着き、年老いた男の声がデバイスから聞こえてきた。

『初めまして、サーティーン・インスペクター。私は代銀という者だ。そのデバイスを渡した男、法斑静火（ほむらしずか）と同じ立場にいる』

法斑静火と同じ……つまりはコングレスマン、ということだ。あっさりと舞子を隔離施設から解放し、数多（あまた）の人間に偽の立場を与えられる。自分たちとは生きているレイヤーの違う存在。

そんな男がわざわざ連絡してくる理由とはなんだ？　自然、声が険しくなった。

「何の用だ？」

『乗るべき船を間違えないよう、忠告したくてね。私にはね、彼よりさらに豊富なリソースがある』

「具体的には？」

脅迫か、懐柔か。いずれにせよ、そんなことを言い出すということは、この男は静火とは敵対する立場にある。軽率な返事はできない。だが――

『君のお兄さんの話だ』

　見せられた餌は、炯の弱みを見事に突いた。


　たとえ罠であっても、踏み込むしかない。

　虎穴に入らずんば虎子を得ず。そんな故事成語があると、昔、灼が教えてくれた。

　コートを羽織り、舞子に出かける旨を伝える。

「事件の情報提供だ。ガセネタかもしれないが……今から行ってみる」

　帰ってきたばかりだというのに、すぐに出ていこうとする夫に、舞子が心配の目を向けてくる。当然だ。つい先日まで、人質になっていたのだから。

「危なくないの？　あっちゃんにも……」

「ガセかもしれないと言ったろ。俺一人で十分だ」

　それでも、向かわないわけにはいかない。灼に言えるわけもない。それ以上は触れてくれるな、とばかりに炯は舞子の方を振り向かなかった。

「また俺が俺がってなってる」

　舞子の声が、炯を責める響きを帯びた。

「約束して。何かあったら、必ずあっちゃんに相談するの。いい？」

「それは……」

いつもなら頷（うなず）けても、今日は即答できなかった。言いよどむ炯に、舞子が問いかける。

「あっちゃんは炯のお荷物？」

「違う！」

その問いには耐えられず、振り向いてしまった。灼はお荷物なんかじゃない。むしろ、荷物になっているのは、自分の方だ。だけど、それでも――

「あいつは……俺のザイルパートナーだ」

半ば、願いを込めた言葉だった。

灼のことを、今は信じきれていない自分がいる。灼の見ているものがわからなくて、自分の見ているものを灼に伝えきれなくて、二人の正義がすれ違い、ザイルがどんどん伸びていくのを感じていた。

自分が乗ってしまった大きな波に揺られて、信頼までもが流されていくような予感がする。それでも……まだ、自分は灼のザイルを離してはいない。

舞子が小さくため息をつくと、そっと炯の胸に触れた。そして、見えていないのに、全てを見透かしているかのような強いまなざしで炯を見上げる。

炯と灼のことを信じ、案じるまなざしだった。

「……なら、けして手放さないで」

「ああ、約束する」

祈るような舞子の言葉に応える。舞子がそう言うからには、まだ互いのザイルは手放されていないのだ。たとえ、どんなにあやふやになってしまっているとしても。

なら……絶対に、手放さない。

たとえ、どんな大きな波があろうと、乗り越え、たぐり寄せる。

それが……命を預け合ったザイルパートナーとしての役目だから。

車に乗り、しかし発車することなく、炯はデバイスを起動した。

インスペクター用デバイスで行われた代銀との通話。その録音を再生し、周波数とスペクトラムをグラフで表示する。

『君のお兄さんの話だ。法斑一族はお兄さんの死に深く関わっている。君は仇のために働くことになる』

『その証拠はあるのか』

『それが欲しければ、公安局の助けを借りず——私を探し出せ。

ああ、言い忘れたが、私は君の奥さんをすぐ施設へ戻せる』

『俺を脅す気か』

『私に何ができるか、知ってほしいだけさ。……では、待っているよ』

代銀の声はあくまで穏やかで、危害を明言することもなかったが、それは明らかに脅迫だった。旧時代の暴力組織と同じだ。『お前の喉元にいつでも噛みつくことができる』。群れを率いるリーダーずる賢い獣の狩りだ。こいつらが操っている〈狐〉とは格が違う。群れを率いるリーダー、たとえて言うなら〈狼王ロボ〉のような風格すら感じられる。

同時に、この男は炯に餌をちらつかせている。兄の死。それにまつわる事柄は炯が喉から手が出るほど、欲していたものだった。

だが、餌に簡単に食いついてはいけない。法斑という男と同じように、この代銀という男も、一筋縄ではいかない相手だ。慎重に見極めろ。波に……流されてはいけない。

こういうとき、灼ならどうする？　飲まれそうになる自分を、相棒の顔を思い浮かべることで留める。大丈夫。ザイルは……ちゃんと手の中にある。

この通話は、ヤツらの見せた尻尾だ。狩られるんじゃない。こちらが狩る側なのだ、と炯は猟犬の目を光らせる。

「声を除去。音声選別フィルタ起動。環境音をサーチ」

即座にデバイスが代銀と炯の音声のみを除去し、かすかに聞こえる背後の音を分析し始める。程なくして、九九・九五パーセントの確率で、機械の稼働音であると結果が表示された。ピックアップされた環境音のボリュームが大きくなる。

聞いたことのある音だった。

「航空機のエンジン音……」

ゴォォ……という、強風に似た腹に響く音。炯はさらなる分析をデバイスに命じる。

ぴょこん、とかわいらしいコミッサ・アバターがデバイスから飛び出た。

「エンジン音から、運用企業と発着場の特定を」

炯の命令に、コミッサ・アバターが腕を組んで、考えるようなそぶりを見せる。

『うーん、うーん……』

とはいえ、有能なコミッサ・アバターはすぐに検索と分析を終え、その目を開けた。

解答が示される。

『……特定完了。C3型輸送機の国内運用はハイパー・トランスポート社のみ。主要空港は有明（ありあけ）空港です』

行く先が決まった。

炯はアクセルを踏み込むと、車を発進させる。賽（さい）は投げられた。

〈ビフロスト〉。

世界の命運を決めると言っても過言でもない、その賭博（とばく）場には、今、一人の青年だけが座っていた。

法斑静火。

〈ラウンドロビン〉創設の一族にして、最後の一人。

もうすぐ己の命と多くの人々の運命がかかったゲームが再開されようというのに、その端整な顔には、何の感情も浮かんでいなかった。さざなみ一つ立たない湖面のように、静謐な表情をたたえながら、彼は強敵を待ち受ける。

ほどなくして、待ち人——代銀が部屋に入ってきた。王のごとき風格を持つ老人は、時間に遅れたことなど、まるで悪びれる様子もなく、悠々と歩いて玉座に座る。

「遅れて悪いね」

「いえ、何かトラブルですか？」

「新人のインスペクターと、少し話をね」

孫をからかう悪戯好きの老爺のように、代銀が微笑む。新人のインスペクター。静火が声をかけ、名刺を渡した烱・ミハイル・イグナトフのことだ。

何か仕掛けたことをあからさまに示し、自分の出方を窺う代銀に、静火は沈黙を以て応えた。わざわざ反応する必要はない。向こうも期待はしていないだろう。

第一、今さら打てる手は少ない。

ここからは——出た目を頼りに、盤上で勝負するだけだ。

穏やかに微笑むだけの静火に代銀がつまらなそうに肩をすくめる。静火は〈ラウンドロビン〉に、ゲームの再開を促した。天上へ至るための虹の橋が厳かに宣言する。

**『これより・リレーションを再開します』**

代銀がゆったりと足を組み、底の見えない沼のような目で静火を見た。

「さあ、始めよう」

いくつもの嘘(うそ)を塗り重ね、真実を深い水底に沈めたその瞳を、静火はただただ黙って受け止める。沼の底にあるであろう、真実をひとかけらでも多く掬うために。

「ここのシステム開発を担った法斑一族の継承者と一対一とは……胸が高鳴るよ」

この狂った遊戯の勝者となるために。

*

雪の降る都内を、梓澤はバイクで疾走していた。

寒いけど、こういうシチュエーション、嫌いじゃない。雪の降る中を戦場へと走っていくのは、ドラマじみていて、自分が物語の登場人物であるかのような気になれる。赤穂(あこう)浪士の討ち入りも雪の晩だった。もっとも梓澤は主役ではなく、黒幕だろうが。

目的地の近くまで来たところで、バイクを一度止める。

時刻は二十二時五十分。

予定通りだ、何の問題もない。

今頃は武器を乗せたトラックが、一足先に公安局ビルへと向かっているだろう。彼らの到着を待ちながら、梓澤は手袋をした手に息を吐きかけた。

雪は、まだまだ止みそうにない。

厚生省公安局ビル。

地上八十八階、地下八階の巨大なビルのエントランスに、梓澤はまるでそこの住人であるかのように悠然と足を踏み入れた。肩には大きなスポーツバッグ、手にはトランク。長い旅行から帰ってきたようだな、と思う。

とうに受付時間も終了し、薄暗く無人のエントランスホールに雪が吹き込む。

六合塚弥生の入館パスはいい仕事をしてくれた。お礼に少しくらいなら、彼女の幸運を祈ってあげてもいい。運、不運なんて信じてやいないけれど。

デバイスを取り出し、操作する。何もかも上手くいっていることが確認できて、思わずほくそえんだ。小畑ちゃんはやはり天才だ。愛してる。

公安局に接収された小畑のパパラッチドローンは、梓澤による仕込みだ。公安局の連中も怪しいとは思っていただろうが、詳細な検査はまだされていない。その隙をついて、パパラッチドローンの中に隠れていた蟲型のマイクロドローンたちが今、いっせいに飛び立った。彼らがこれから、公安局の強固なセキュリティを食い荒らしてくれる。

どんなに堅固な城であろうと、蟻(あり)の一穴から崩されるのだ。

この先、空いた穴に対して、公安局はどんな選択をするのか……。生まれるであろう無数の分岐に梓澤はわくわくしながら、悠々と歩き出した。

＊

なんだかんだで、公安局ビル食堂のメシは美味(うま)い。

廿六木天馬(とどろきてんま)の長い執行官生活で得た、一つの真実であった。とくに今は心配事が一つ片付いたこともあって、なおさら、カレーうどんが染みる。事件そのものの解決にはまだまだ時間がかかるだろうが、それでも心配事が減るのは好ましかった。

上機嫌で、向かいの席でローストビーフサンドをかじっている雛河翔(ひなかわしょう)に話しかける。

「如月(きさらぎ)の件、丸く収まってよかったなあ」

「はい」

「入江(いりえ)も、ほっとしてたな……。ハッ、あんなヤローなのに、変に奥手なのが気持ち悪いよな」

「いや、そんな……」

卵の黄身を崩しながら、妙なところで不器用な後輩執行官の顔を思い浮かべる。スラムでぶいぶい言わせてた悪ガキのくせに、如月にはやけに慎重だ。童貞ってわけでもないだろうに。人生の後半戦に入っている廿六木からすれば、さっさと告白してふられるなり、くっつくなりすりゃあいいと思う。まあ、見込みは薄そうだが。

それでも、まずは言葉にしないと伝わらないのだ。

「人間って、大事なことほど隠そうとすんだろ。逆だよ、逆。大事なことほど、言葉にしねぇと」

「それは確かに……」

そう思うなら、お前も大事なことを隠すなよ……と入江より遥かに隠してることの多そうな後輩に言おうとした瞬間、異変が起きた。

一方、その頃、入江一途はビルの五十一階にある展望テラスで想い人を待っていた。

手の中には、白いリボンで飾られた、青い小箱。彼女の誕生日のために、わざわざ用意したプレゼントだ。

水商売じゃない、堅気の女に何かを贈るだなんて初めてで、ずいぶんと悩んだ。彼女は喜んでくれるだろうか。中学生のガキじゃあるまいし、と思うものの、鼓動が速まるのを止められない。自分の中にそんな純情さが残っていたことに、入江は苦笑し、プレゼントをポケットにしまった。

ちょうど、そのタイミングでテラスの入り口が開き、待ち人――如月真緒がやってくる。彼女の姿を見るだけで、また胸が高鳴った。

そんな入江の気持ちなど知らない如月は、あからさまにおっくうそうな様子を隠しもせずに、自分で自分の肩を抱くと、寒さに顔をしかめた。

「何？　こんな寒いところに呼び出して……」

そんな自分と彼女の温度差に、入江は思わずむっとなる。だが、今日はこの温度差を、そして二人の間にある距離を縮めるのだ。

入江は勇気を出して、一歩、踏み込んだ。

「……如月」

如月の冬の空のような瞳が、入江を見つめる。


「え……？　六合塚さんが意識不明の重体？」

残業中にもたらされた凶報に、刑事課課長室にいた霜月美佳は顔色を変えた。六合塚にはこのところずっと刑事課に協力して動いてもらっていた。ただの事故とは思えない。

〈狐〉が六合塚にまで、その牙を突き立てた可能性は十二分にあり得た。

「徹底的に現場を調べて。ただの事故ではない可能性――」

だが、指示を出し終わる前に、通信画面にノイズが走る。通信が遮断され、画面にはエラー表示とオフラインになったことが示された。

「通信障害？　どういうこと？」

厚生省公安局は、この国の治安の要だ。さらにドミネーターを始めとする、各種色相検知システムはシビュラと繋がっていてこそ、意味を成す。シビュラの総本山とも言える公安局ビルで通信障害などあり得ない。あり得てはいけない。

さらに部屋の灯りが落とされ、窓をシャッターが覆っていく。鳴り響くアラート音が、電力障害が発生していることを告げる。

「何!?　急に!?」

耐えきれず叫んだものの、霜月の明晰な頭脳は理解していた。

事件とは、突然に、理不尽に起こるものなのだと。


同時刻。

厚生省公安局ビル最上階にある局長室では、局長細呂木晴海が異変に気づいていた。

「接続が遮断されただと？」

自分たち……〈シビュラシステム〉との繋がりが断たれる。通信が不安定な外部ならともかく、ビル内でそんなことが起きたとなれば、異常事態だ。

雛河と廿六木のいる食堂でも、窓のシャッターが動き、閉鎖が始まっていた。

「あん？　なんだ？」

「え？」

他の職員たちもざわつき始め、食堂に不安が広がっていく。


シャッターで閉鎖されていくのは、展望テラスも同じだった。

避難訓練くらいでしか見たことのない光景に、如月が入江に疑いの目を向ける。あ、これ、よく知ってる。『ちょっと男子、何バカやってんの』ってときの女子の目だ。

「これ、あんたの仕業？」

「……どうして、そうなるんだよ？」

俺は、ただプレゼントを渡しに来ただけなのに。

こんな事態は想定していない上に、如月に疑われているのが辛い。彼女の中で、自分はいったいどういうキャラ付けなのか。

入江一途、三十三歳。実に不運な男であった。


夜の街に、煌々と輝く公安局ビル。

その周囲をドローンが幾重にもバリケードで囲み、厳重に封鎖していく。

エントランスにいた梓澤は、内部と外部で、ゲームを始める準備が整ったことを確認し、楽しげに笑った。デバイスの時計が、二十三時へ切り替わる。

大きく息を吸い、深呼吸。

これから始まる最大にして、最高のゲームへのテンションを高める。

そして——堂々と宣言した。

「では、ゲームスタートだ」

ここから、全てが始まる。

*

地下駐車場に、備品搬入用の大型車両が停まっている。

オートでコンテナが開き、中からはスリープ装置が現れた。食品を運ぶ冷蔵ボックスに似たそれが、ゆっくりと蓋を開ける。冷気が溢れ、空気を白く濁らせた。

だが、中にあるものはむろん食品などではない。

そこにあったのは……二振りの武器。ヴィクスンとジャックドー。〈パスファインダー〉の二人だった。

薬品で眠らされていた彼らは、予定時刻ぴったりに目覚め、身を起こす。そして、顔を見合わせると、腕時計を掲げた。

「タイムテーブルをチェック。……我々のモットー、覚えてるか」

「『訓練より苦しい実戦はない』……忘れるものか」

二人で、幾多の戦場を駆けてきた。そのたびに多くの仲間を失ってきた。もう、このモットーを共有できるものも、目の前にただ一人しかいない。

軽く笑い合い、それぞれの戦場へと走り出す。

次に会うのは――勝利の報告だ。

＊

時はほんの少し遡る。

その頃、公安局ビルの会議室では仮眠から起こされたカリナが、眠そうにメイクを受けていた。

「ふあぁ……急にウェブ会議だなんて……党の人たちには振り回されてばっかり」

不満をもらし、口をとがらせるカリナの髪に、メイクスタッフの運上マユミがスプレーをかけて整えていく。

「ふふっ……そのリップ、似合ってるよ、カリナ」

「でしょ？」

新しいリップを褒められ、カリナの機嫌が少し直る。隣で機材の確認を手伝っていた唐之杜（からのもり）が顔を上げ、カリナに笑いかけた。

「あら……もしかして誰かのプレゼント？」

「ん……うん……」

唐之杜の言葉は当たっていたから、カリナは口ごもった。元アイドルの現都知事としては、下手（へた）にスタッフたちの前で男性からのプレゼントだとは言いづらい。それに——

しかし、カリナが何か答える前に、副都知事の三森（みつもり）が唐之杜を咎（とが）めた。

「おい君。機材の確認が終わったらすぐに出たまえ」

「はいはい。潜在犯が都知事に、気安く話しかけるべきではありませんでした」

三森の不躾（ぶしつけ）な言い方に、唐之杜は気を悪くしたそぶりも見せず、立ち上がって部屋を出て行こうとする。それを、カリナは引き留めた。

「いえ、さすが分析官。鋭いですね」

これくらいの答えなら、問題ないだろう。そう思って返すと、三森がますます顔をしかめた。

「……都知事。色相」

「彼女は大丈夫。分析官、犯罪係数下がってるんじゃないですか？」

問いかけると、唐之杜が目を見張った。そして、すぐにいつもの柔らかい笑みに戻る。

「どうして、そう思ったんですか？」

「『潜在犯』と口にしたときの余裕から」

「すごい。灼くんみたい」

そう言われると、なんだかくすぐったかった。慎導灼は一見、つかみ所のないぽややんとした天然青年に見えるが、超一級のメンタリストだ。自分もアイドルとして、周囲の空気を読むことに長けているとは思うが、それでも彼には敵わない。

護衛として、彼が側にいる間にできるだけ、彼の良い部分を吸収したいと思う。

「そうですか？」

「灼くん、ちゃんとやってます？」

「めちゃ優秀です」

そこは嘘偽りない本音だ。護衛として、灼は優秀で……何より、彼がいてくれたら、何があってもなんとかなるような、そんな安心感があった。それをはっきり口にすることはないだろうが、カリナは灼を信頼している。

と、撮影スタッフが困った声で唐之杜に呼びかけた。

「唐之杜さーん」

「はーい。なんですかぁ？」

「急にサーバーと同期できなくなって……」

異変が起きたのはそのときだった。

ちかちかと、部屋の照明が明滅し始める。嫌な予感に唐之杜は眉をひそめた。

異変は一般職員フロアでも起きていた。窓がシャッターで覆われ、出入り口もロックされた状態に、職員たちが困惑する。

「何？　訓練？」

「訓練って……これじゃ出られませんよ」

事態は刻一刻と悪化へ向かっていく。

シビュラの牙城に入り込んだ悪夢に、まだ誰も対抗できてはいない。

鼻歌でも歌いたい気分だ。

梓澤は事態が予定通りに進んでいることを確認しながら、潜在犯の留置場を訪れていた。独房の前まで来ると、小畑から渡されていた蟲型ドローンでロックを解除した。頼まれていた荷物を入れたスポーツバッグを無造作に寝台の上に置く。

「来たよー。小畑ちゃん」

「おせえよ」

囚人服の小畑は不服そうに鼻を鳴らす。

「えっ？　でも時間通り……」

「五分前行動。社会人だろ。ほんと、使えねーな」

スポーツバッグを開け、小畑は服を取り出した。囚人服じゃ気合いが入らない。戦闘服を持ってこい、と言われて用意してあげた服。気持ちはわかる。外見は大事だ。

「いいから、向こう向いてろ」

「へーい」

小畑ちゃんの中身に興味はない。やることさえ、やってくれればそれでいい。これから彼女がやってくれるであろうことに、ゾクゾクした期待を感じながら、梓澤は小畑に背を向けた。


留置場で起きた異常事態に、真っ先に気づいたのは二係だった。

刑事課二係の部屋にいた監視官二名と執行官四名が、潜在犯留置場から発生したアラートに、対応を話し合う。

「留置場で異常発生」

「防犯カメラもアクセスできません」

執行官二人の報告に、霜月に連絡をとろうとしていたベテラン監視官の板東（ばんどう）も焦りを見せた。

「まずい。霜月課長と連絡が取れん」

もう一人、若手の監視官である井之頭(いのがしら)が即座に判断を下す。

「俺たちがドミネーターを取ってくる。板東たちで留置場に急行してくれ」

板東も頷き、彼は自身の猟犬たちに号令をかけた。

「わかった。……行くぞ」

「了解」

よく躾(しつけ)られたハウンドたちが即座に動き出す。彼らの判断はけして間違ってはいなかった。この時点では、まだ。


話は留置場へと戻る。

潜在犯たちの押し込められた独房のロックが次々と解除されていった。

「おっ……？」

「あぁん？」

突然、開いた独房の入り口に潜在犯たちが戸惑う。カプセルホテルのベッドルームと同じ、寝台しかない独房から、潜在犯たちは恐る恐る這(は)い出た。通路に出たものの、戸惑いはなくならない。

あの扉が開くのは取り調べのときか、矯正施設への移送のときだけだ。どちらにしても、こんな大人数を一斉に外に出すことはないし、何より、忌々しい監視官や執行官どもの姿も見当たらない。

と、困惑する彼らの耳に、パン、パンと手を叩く音が聞こえた。

　音の主に思わず注目する。

　そこに立っていたのは、仕立てのいいスーツとコートに身を包んだうさんくさそうな男だった。化粧が濃く、ゴシックパンクとでも言えばいいのか、独特なセンスの服を着た小太りの女を連れている。横においてあるトランクはなんだろう。どうもドミネーターではなさそうだ。

　男は潜在犯たちを見やると、大きく手を広げ芝居がかった仕草で声を上げた。

「皆さんは自由だ」

　留置場に響くその声も、まるで舞台の上で役者がしゃべる声みたいだった。

「ここから出たい方は出て、残りたい方は残ればいい」

　男の言っている意味がわからず、潜在犯たちは顔を見合わせた。ここから出る？　そんなことができるわけがない。

「ただし、ここにいたら処分されるだろう。だから、その前に刑事を盾にして、廃棄区画へ逃げ込もう」

ようやく、言っている意味が飲み込めてきた。この男は、自分たちを解放しにきたらしい。だが、なんのために？

「信用できるのか？」

猜疑心に満ちたざわめきが潜在犯たちの間に起こる。俺たちはもう、世間だの他人だのというものを信用できる状態じゃない。それでも、ここから出られるかもしれないというのは、ひどく魅力的だった。

「時間はないよ」

潜在犯たちの迷いを断ち切るように、男が声をかける。

「さあ……決断のときだ」

背中を押すように、トランクが潜在犯たちに向かって押し出される。くるくると回ったトランクは床に倒れ、蓋を開けて中身を晒した。

無数の銃とタブレット。

はっきりとした力……銃を一人の潜在犯がつかみ取る。それをきっかけに、次々と潜在犯たちは銃とタブレットを手にしていった。

そして、タブレットにターゲットの顔と名前が表示されていく。一係二係の刑事たち、そして課長の霜月と細呂木局長。外務省行動課の花城フレデリカや、狡噛、宜野座、須郷らの姿もあった。最後に……都知事、小宮カリナ。

「デカどもだ。……こいつらなら、人質の価値がある。さあ、どうする？」

男の言葉に、潜在犯たちはついに決起した。

この銃があればやれる。自分たちをこんな目に遭わせた社会に、痛い目を見せてやるチャンスがやってきたのだ。逃すわけにはいかない。

「確かに、チャンスだ」

「やってやる！」

威勢良く拳を突き上げる潜在犯たちの中で、まだ戸惑ったようにタブレットを見ている集団がいた。男が彼らに優しく話しかける。

「君ら、〈ヘブンズリープ〉教団でしょ？……それを見て欲しい」

タブレットに表示される画像が変わった。

一人の男の検死画像。

それは、彼らに大きな動揺をもたらした。

画面に映っている男の名はトーリ・S・アッシェンバッハ。

〈ヘブンズリープ〉教団の教祖代行であり、彼らにとっては何よりも敬うべき救い主だった。その彼が無残に殺された姿がそこにある。体に空いた銃痕が痛々しかった。

「公安局はドミネーターじゃなく、拳銃でトーリ教祖代行を撃ち殺した」

教祖代行はドミネーターで殺されていない。その事実は〈ヘブンズリープ〉の信者である潜在犯たちに安堵と、そして大きな怒りを与えた。つまり……公安局は、シビュラに祝福された教祖代行を、不当にも撃ち殺したのだ。それは許されることではない。

「君たちはシビュラに見放されたわけじゃない」

男が〈ヘブンズリープ〉式の祈りの構えをとる。手で三角を作り、いと高きものを崇めるその姿は、信者たちが男を仲間だと認識するには十分だった。

「神は今も君たちを見ている」

〈ヘブンズリープ〉の信者たちは、新たな救い主が現れたとばかりに、男へ祈りを返した。男が、高く手を天に掲げる。

「トーリ教祖代行の悲願……今こそ、神を公安から救うべきじゃないか？」

その通りだった。

彼らからもたがが外れ、手に手に武器を持つ。伸縮式の警棒や、熱式の槍、テーザー銃を突き上げる彼らから、怒号が上がった。

留置場の野太い声が響く。

意気揚々と武器を見せびらかし、反逆に喊声を上げる彼らを小畑は冷たい目で見ていた。あんな見え見えのアジテーションにあっさりひっかかりやがって。だから、こいつらは、こんなところにとっつかまったんだ。

「バカばっかり」

見ていられない、とばかりに、さっさと背を向けて歩き出す。これ以上、あんなものを見ていたって、目が腐るだけだ。

「でも、これが彼らの選択」

男——梓澤もすぐに小畑についてきた。

「シビュラ社会と同じ。最後は全て自己責任だ」

バカなのはこの男も同じだ。人をいいように操って楽しんでるバカの上にクズ。それでも、何も考えてないあいつらよりはマシだ。

「落ちてすら、引かれた道を歩くクソどもが。道は己で作るもんだ。それが地獄行きでもな」

自分はあいつらとは違う。梓澤に操られているわけじゃない。自分で選んで、梓澤とつるんでいる。だから……こいつと歩く先が地獄だったとしても、後悔はしない。

エスカレーターに乗って、連れていかれる選択なしの天国より、ずっとマシだ。

梓澤と小畑がエレベーターに乗るのと、入れ替わりだった。

もう一基のエレベーターから、板東と執行官の妹尾（せのお）が降りてくる。そして、留置場の有様を見て、顔色を変えた。

「あっ！」

「何？」

だが、時すでに遅し。

ターゲットであるデカたちを見た潜在犯たちは、獰猛な肉食獣となり、彼らへと襲いかかった。

＊

刑事課一係の部屋。

ここも、他の部屋と同じように照明が落とされ、非常灯の明かりだけがぼんやりと室内を照らしていた。

だが、そこにいる唯一の刑事……灼は、起きている異変にも気づかず、未だ眠りの中にいた。基本的に寝つきの良くない灼だが、その分、一度眠りにつくと深い。カリナの護衛として、体調を整えるためもあって、仮眠中とはいえ、床の上に寝袋を敷いて、ぐっすり眠っていた。

デバイスに何度もあった、炯からの着信にすら気づかないほどに。

まぬけなアイマスクと、ノイズキャンセラーを着けて、眠っている灼に、ゆっくりと人影が近づいていく。

アイマスクが引っ張られ、灼の寝顔が晒される。伸びたゴムがぱちん、と音を立てて元に戻り、灼の額をアイマスクが叩いた。ぼんやりと、目を開ける。

逆さになった梓澤が灼の顔をのぞき込んでいた。

梓澤が、嬉(うれ)しそうに灼へ告げる。

「おはよう。とっくにショータイムだよ。慎導灼くん」

＊

食堂の窓を覆うシャッターに手を当て、廿六木は首をひねった。

「防災訓練……じゃねえよなあ？」

執行官用デバイスを立ち上げた雛河も、オフラインになっているそれに怪訝(けげん)な顔をする。事態を確認しようにも連絡がつかないのでは、どうしようもない。

「デバイスも変です。……つながらない」

何かが起きていることだけは確かだ。どうするべきか。

考える前に、入り口付近から、鈍い打撃音と悲鳴が聞こえた。

「なんだ？」

廿六木が悲鳴の元を見る。額から血を流し倒れる職員と、武器を手にした潜在犯三人が目に入った。潜在犯たちが廿六木と雛河の姿を見るや、そのまま向かってくる。

「いたぞ！」

特殊警棒で武装した潜在犯の一人が雛河に殴りかかる。雛河に避けられ、体勢を崩したそいつを廿六木は後ろから取り押さえた。

「ええい！」

そのままテーブルに額を叩きつけてやり、背後に迫る潜在犯へと投げつけ、一気に二人を排除する。横合いから襲ってきた最後の一人にはテーブルをぶん投げてやった。まず一人。

それでもゾンビのように一人目の潜在犯が起き上がってくる。そいつに雛河がコーヒーをぶっかけ、目を押さえたところで、花瓶を頭に叩きつけた。セラミック陶器が割れる音が盛大に響き、二人目も完全に昏倒した。

「やるじゃねえか」

おとなしい顔をしていても、さすがは一係の先輩だ。廿六木は雛河を褒めると、再び槍を手に打ちかかってきた三人目を悠々と受け止め、逆に武器を奪って、顎に容赦のない蹴りを叩き込んだ。潜在犯の体が一回転し、床へと倒れる。

それだけの運動で息が上がった。まったく年はとりたくない。額に浮いた汗を手で拭い、倒れた潜在犯三人を見下ろす。

「何が起きてんだ、こりゃ」

突然、閉め切られた窓のシャッター。通信のできないデバイス。そして、留置場から脱走したとしか思えない、武装した潜在犯。一刻も早く動くべきだった。


小畑は分析官ラボへと入ると、顔をしかめた。

普段、唐之杜が使っているコンソール前の椅子には、彼女の残り香が強く残っている。香水とメンソールのタバコが入り交じった匂い。どちらも嗜まない小畑にとっては、悪臭にしか思えなかった。

「タバコくせえ」

使い慣れたノートパソコンを広げ、コンソールと向き合う。あんなロートルのババァに負けはしない。不敵な笑みが小畑の口元に浮かぶ。

「マッハで片付けてやんよ」

流麗なピアニストの指のように、ラボの機材と持ち込みのノートパソコン両方のキーボードを操り、梓澤の望みを叶える。

「ファクター1を確認」

さあ、ここからが本番だ。

　潜在犯たちを縛りつけ、廿六木は雛河に問いかけた。

「どうする、先輩？」

　機械に疎い自分よりも雛河の方が正確に状況を把握できているはずだ。案の定、少し悩みつつも雛河はすぐに答えを返してきた。

「おそらく……サーバールームが、ハッキングされたかも」

「もし、そうなら、何が使えない？」

「全部です。ドアもエレベーターも……」

　内心、舌打ちしたくなった。文明の利器ってやつは、まったく肝心なときに使えない。

　そうなれば、最後はアナログな手段しかない。

「なら、非常階段を使うしかねぇか」

　見張りに武器を持たせた職員を一人残し、廿六木と雛河は非常階段へと向かった。

　しかし、非常階段に通じるドアにかざしたデバイスから響いたのはエラー音だった。

「やはり、ロックされています」

　思わず壁に思い切り蹴りを入れてしまう。

「クソが！　何が非常用だ。使えねぇじゃねぇか」

「元々、潜在犯が簡単に外へ出られないように……作られてますし」

「潜在犯？」

落ち着き払った雛河の説明に一瞬、疑問を浮かべ……すぐに納得する。そういや自分たちも潜在犯だ。脱走してきたヤツらと違うのは、首輪がついてるかついてないかくらいなもんだ。

「ああ……俺たちもか。非常時くらい、景気よく解放しろってんだ」

「とにかく、ここは任せてください。……数分かかりますが」

雛河が自分のデバイスを使い、非常階段のドアのロックを外そうと試みる。その横顔は普段のおどおどとした様子とは違い、自信が窺えた。さっきの格闘戦といい、このひよわそうな先輩は、意外に頼りになる相棒だ。

これならなんとかなるだろう。一係を舐めんじゃねえぞ。

廿六木は雛河の横顔を見ながら、にんまりと笑った。

二係の監視官と執行官は、ドミネーター保管庫へと駆け込んでいた。

執行官である森久保が先行し、保管庫内へ飛び込んでいく。しかし、後を追っていた監視官の井之頭は保管庫管理官の死体に気づき、足を止めた。

倒れ、ぴくりとも動かない管理官の足下には血だまりが広がっている。

「止まれ、森久保！」

急いで森久保を引き留める。不機嫌な顔で、森久保が戻ってきた。と。

その顔が一瞬で苦痛に歪み、腹と口から血が噴き出す。

驚く暇すらなく、くずおれた森久保の後ろから白髪の老人――ヴィクスンが姿を現した。ヴィクスンが、森久保の血で濡れたままのナイフを振りかぶる。

何が起こった？

腕に激痛が走っている。井之頭の手首に深々とナイフが突き刺さっていた。痛みと驚きに目を見開く井之頭に向かって、ヴィクスンがもう一振りのナイフも投擲する。

それは、井之頭の喉に突き刺さり、彼の命を奪った。

将来を嘱望された若き公安局のエリートの、あっけない死であった。

「間違いない。ここが攻撃されたんだ」

霜月はデスクから警棒を取り出すとホルスターに収めた。ドミネーターに比べれば、心許なさ過ぎる装備だが、ないよりはマシだ。

「クソ……私としたことが」

催涙スプレーを握りしめる。こんなもので暴徒と戦うなんて、前時代にもほどがある。

それでも、いざというときのために用意しておいて良かった。霜月美佳はできる女なのだ。備えはあって困るものではない。

さて、部下の犬どもとも連絡は取れない。ならば——というところで、非常階段のドアのロックが外れる音が聞こえた。

「ん？」

暴徒どもがここまで来たというのか。だが、逆に好都合かもしれない。飛び込んできた隙をついて、逃げるなり、制圧するなりするべきだ。霜月は最大限に警戒し、催涙スプレーを構えて、ドアの横に立った。

ドアが開き、一人の男が駆け込んでくる。霜月はとっさに催涙スプレーを男の顔に向かってぶっかけた。男が顔を押さえ、のたうちまわる。

「と、廿六木さん！」

と、聞き慣れた声が聞こえた。今となっては、二番目に付き合いの長い執行官、雛河の声だ。そして、よく見てみれば、目を押さえて苦しんでいる男も、自分の部下だった。

「やだ！　執行官!?　ごめん！」

とっさのことだったとはいえ、判断ミスだ。手を合わせ、謝る。

と、同時にこれで動きやすくなったとも思っていた。駒が手元にあるのと、ないのとではまるで違う。

ひとまず、廿六木が落ち着くのを待ってから、動こう。このままにしておくわけにはいかない。ここは、私の縄張りなのだから。

雪の中、炯の運転する車は、有明空港へと着いた。

灼に連絡を入れるものの、つながらない。おそらく仮眠中なのだろう、と通話を切ったところで、自分を追いかけてきた車に気づいた。

目的の人物かと思い、車を降りる。しかし、黒塗りの車から出てきたのは、老人ではなく青年だった。

「お前は行動課の……」

「須郷です。教団の件では、どうも」

須郷が生真面目な顔を崩さずに、炯へと歩み寄ってくる。声が険しいものになってしまうのを止められはしなかった。

「俺を尾行したのか」

「ええ。あなたは、なぜこの場所に？」

「情報提供の申し出があった」

あらかじめ用意していた答えを口にする。あながち嘘でもない。炯にとって必要な情報を相手が持っているのは確かだ。

「失礼だが……あなたの通信も監視下にある」

「なに？」

須郷が口にした言葉に、思わず疑問を返す。尾行されていた以上、監視されていたことに疑いはない。だが、なぜ自分を、とは思う。ましてや通信までとは、いったいいつから行動課は自分を疑っていたのか。

「こちらでは、その通信を傍受できなかった。どんな通信手段か教えてほしい」

須郷の声音は至って真面目なもので、そこに炯を責める色はなかった。それが余計に癇にさわる。

「教える義理はない。公安局員を盗聴だと？　このことは正式に抗議する」

「外務省行動課には、国際事件に関して包括的な権限があります」

須郷は人好きのする穏やかな笑みを浮かべて、炯の肩に手を置いた。

「一緒に来てください」

「断る」

その手を炯は振り払う。と、銃声がして、炯の頬に血が飛び散った。目の前で、須郷が腕を押さえ、崩れおちる。

炯はすぐさま須郷の首根っこを摑むと、銃弾から身を隠すため彼の体を引っ張った。車の陰までのほんの数歩の間にも、銃弾が何度も撃ち込まれる。須郷にも炯にも当たることのなかったそれは、積もった雪を再び舞い散らせた。

「課長！　緊急事態発生！　緊急事態発生！」

車に身を隠しながら、須郷が課長である花城フレデリカにデバイスで呼びかける。

はたして、狙われたのは誰なのか。

唐之杜は会議室で、状況の把握に追われていた。

デバイス、機材類は全てオフラインで、課長にも刑事課の他メンバーにも連絡がつかない。その状況でカリナたちを放り出すことなどできず、会議室に留まるしかなかった。なんとか手持ちの機材で状況を打破できないか。いろいろと試行錯誤していたとき、館内放送が始まった。

『潜在犯が脱走しました。大至急、地下駐車場に避難してください』

「なんてことだ」

三森が遺憾だとばかりに首を振る。しかし、唐之杜にはそれ以上に、さっきの放送の不自然さが気になってしかたなかった。

「地下駐車場？　課長と連絡がつかないのに、館内放送って……」

だが、唐之杜の疑念をよそに、三森はさっさとカリナや他のスタッフたちに避難を呼びかける。

「都知事、急いで！」

そうなれば、放っておくわけにもいかず、唐之杜も彼らの後を追った。

幸いにして、入り口はロックされておらず、会議室を飛び出して、真っ暗な廊下を息を切らして走る。エレベーターホールまでたどり着くと、まるで待っていたかのように、エレベーターが扉を開いていた。

その明かりが希望の光にでも見えているのか、スタッフや三森たちは次々とエレベーターに入っていく。

カリナも飛び込もうとしたが――

「ちょっと待って！」

唐之杜はすんでのところで彼女の手を掴み、止めた。

「こんなふうにエレベーターが待っているなんて、変です」

カリナがはっとなり、エレベーターへと振り返る。

「みんな、そこから出て！」

決死の叫び。

だが、すでに遅かった。

カリナの伸ばした手は届かず、エレベーターは暗い闇の底へと落下していった。一緒に落ちかねなかったカリナを、唐之杜が後ろから抱き留める。

ここは三十九階だ。彼らが助かる可能性は万に一つもない。最後に見てしまった運上の引きつった顔を、唐之杜も、カリナも、忘れられそうになかった。

「六合塚さんが!?」

霜月から事情を聞いた雛河は、ショックを隠せなかった。六合塚はかつて一係にいた先輩だ。お互い、親密な人付き合いを得意とする方でもなかったから、話したことはそう多くない。それでも大切なお姉ちゃん……常守朱(つねもりあかね)とかつての一係の思い出を共有できる大切な先輩だった。

潜在犯ではなくなり、執行官もやめて、日常へと戻っていったはずなのに。けれど、彼女が最近携わっていた案件を考えれば、ありえる事態だった。また何もできなかった。朱への申し訳なさで、雛河は唇を噛む。

「ええ」

しかし、それ以上に悔しそうなのが霜月だった。

「ただ、命に別状はないという連絡は受けた。安心して」

安心して、と言いながら、彼女は六合塚への心配と悔しさと後悔を露(あら)わにしている。何かと口うるさい上司だけれど、やはりいい人なのだと思う。めんどくさいけど。

ようやく催涙スプレーのダメージから立ち直った廿六木が、雛河と霜月の会話へ加わる。

「なら、まずここを襲撃した奴らを片付けなきゃな」

「分析官ラボか、サーバールームが占拠されたと考えるべきです」

そうでもなければ、公安局内全てのインフラを押さえるなど無理だ。霜月が雛河の意見を受けて、指示を出す。

「……そうね。まずはドミネーターを確保しましょ」

「保管庫は二十階……三十五階下かよ」

廿六木がため息をつく。気持ちはわかる。エレベーターが動いていない以上、移動は全て徒歩だ。運動があまり得意でない雛河としても、うんざりする。

「それでも行くしかないわ」

霜月が警棒を廿六木に押しつけ、非常階段に向かう。廿六木もそれを受け取り、走り出した。霜月の言うとおりだ。それでも行くしかない。雛河も二人を追う。

なぜなら……自分たちは、一係の猟犬なのだから。

＊

コーヒーの香りに、灼は再び目を覚ました。

どうやら、気を失わされていたらしい。

「ここは……？」

顔を上げ、目を開けるものの視界は暗いままだ。アイマスクで視界を奪われているようだった。身動きがとれない。腕ごと胴体を縛られている。わかるのは、椅子に座らされていることくらいだった。

少しでも情報を得ようと、聴覚と嗅覚を研ぎ澄ませる。

「あれでやれてりゃ、苦労しないか」

聞き覚えのある声がした。

「……梓澤廣一。都知事を狙って、こんな場所に来るなんて……バカだな」

「慎導灼。せっかく会えたのに、そんな言い方されるとは、残念だよ」

あっさりと返事があった。コーヒーを淹れていたのは梓澤のようだ。足音がゆっくりと移動して、近づいてくる。

「〈狐〉を使ったんだな？」

「〈狐〉はそこらじゅうにいる。……公安局にもね。古い中国の言葉で、こういうのを十面埋伏というんだ」

もってまわった言い回しをしながら、彼はどうやら向かいの椅子に座ったらしい。ちりちりと肌が粟立つような、嫌な気配がする。ほとんどの人間との相性判定が最悪な灼だが、こいつとはそれ以前の問題だ。

「都知事は包囲された」

灼の動揺を誘っているのがわかる。だから、淡々と返した。

「小畑って子はわざと捕まったんだな」

「正解。気づいてたんだろ？」

向こうもその程度で灼が動揺しないのは織り込み済みなのか、声の調子はふざけたもののままだった。見えていた罠に引っかかった自分が悔しい。

「……薄々と。リスクが高い割に、成果は少ない手だと……」

梓澤のような計算高い男がわざわざとるような手段とは思えなかった。だが、彼女が使っていた手段を思い出し、歯がみする。

「そうか……パパラッチドローン」

「大正解。でも、遅かったな」

クイズゲームの司会者みたいだ。そして、同時にゲームを手ほどきする、父や兄のようでもある。この男は状況を楽しんでいる。リスクの高さよりも、もしかしたら、その楽しさのようなものの方が優先なのかもしれなかった。

「証拠品のドローンが分析に回されるまでの時間も……計算済みか」

「計算は俺の得意分野でね」

今までの犯行をまったく否定もせず、悪びれもしない答えだった。同時に理解する。この男にとって、リスクの高さはやはり問題ではないのだ。そんなものはお得意の計算とやらで、どうとでもなる。ただ実行しなければ、計算の正しさは実証されない。だから、〈狐〉たちを動かした。組み終わったプログラムが正常に動くかの動作確認と同じノリで、彼は犯罪のシステムを作動させた。

「これで犯罪係数が上がらないなら、まともじゃない」

今すぐ、この男にドミネーターを向けたいと思った。灼を以てしても、まだ読み切れていない、この男の心を丸裸にしてやりたい。

「おいおい。俺は誰よりもまともだよ」

「まともで、同時に狂ってる」

矛盾している。だが矛盾こそが、この男の……梓澤廣一の本質だ。

「都知事を殺そうとしてるのに、殺したくないんだろ」

彼の作り上げるゲームでは、人が死ぬ。しかし、そこに殺意はない。書かれたコードにプログラマーの癖が出るように、灼は今までのシステムから、梓澤を理解しようとする。潜在犯ではない、犯罪者である彼のことを。

「まず興味がないんだ。ただ人が真にシビュラ的か試してるだけさ、俺は」

その声は、今までと違って、真剣味のある声だった。どこか、寂しさすら感じさせる声音だった。矛盾しきった梓澤の深奥に触れる言葉に、灼は食いついた。

「試す？」

「都知事が選択を間違えず、よき市民であることを示せば生き残れる」

まるで、自分自身がシビュラであるかのような台詞だと思った。梓澤の考える最良を選択しなければ、不幸になるのだと突きつけ、そして見守っているのだと。

「お前自身は何もしていないというのか」

「そう。俺は分岐点を作っただけ。都知事の死も望まないが、死んだら仕方がない」

ふざけるな。

人は神ではない。

運命を弄ぶ梓澤廣一を、慎導灼は許さない。

銃声はやみそうもなかった。

炯と須郷を狙い、何度も車に銃弾が撃ち込まれる。フロントガラスに罅が入り、ボンネットにかすった弾が火花を散らす。

「やはり、狙撃用ターレットだ」

須郷が自分の銃を炯へと渡した。

「これを」

「すまない」

この状況でこれ以上いがみ合う理由はない。炯も素直に銃を受け取る。

「自分が囮（おとり）をやる」

「その怪我（けが）で？」

須郷の申し出に、聞き返す。弾は抜けているようではあったものの、ろくに止血もしていない。軽傷でないことは明らかだった。だが、須郷はやけになったわけでもなく、落ち着いた顔で炯に理由を話す。

「この怪我だからだ。失血のせいで、秒単位で力が落ちていく。今のうちに」

きちんと勝算と覚悟があって言っている顔だった。須郷のその顔は、かつて共に戦っていた軍の仲間たちと同じもので、炯は彼を信用することを決めた。

「わかった」

車の陰から飛び出した須郷を銃弾がつけ狙う。

傷を負っているとは思えない動きで、須郷は車から車へと移動し、ターレットの狙いを引きつけてくれていた。その隙に、炯は狙撃用ターレットへと近づく。

車を盾にして走っていた須郷だが、何度目かの銃撃がタンクローリーを射貫（いぬ）いた。内部の燃料に着火し、盛大に爆発する。爆炎に吹き飛ばされた須郷が、ごろごろとアスフアルトの上へ転がった。

だが、その間に、炯は狙撃用ターレットに肉薄している。人を殺すためだけの自動殺戮兵器に、炯は何度も銃弾を撃ち込む。ターレットが炯の方へと銃口を向ける。しかし、弾が放たれるよりも早く、炯の銃撃がターレットのレンズを射貫いた。機械の動きが止まる。

そのまま、さらに接近して、とどめとばかりに割れたレンズから内部に弾を叩き込んだ。すぐにターレットから煙が上がり、今度こそ完全に停止する。

と、炯の頬を赤外線レーザーが照らした。

すぐさまターレットを盾にし、銃を構えるものの、新手の狙撃機械が放った弾が炯の頬をかすめる。

熱さに似た痛みに顔をしかめながら引き金を引こうとしたそのとき、横合いから割り込んだ銃弾が、新たなターレットの銃身を歪ませた。

見上げれば、ティルトローター機が近づいてきていた。

そこから身を出した男がスナイパーライフルで、淡々とターレットに弾を撃ちこんでいく。見たことのある男だった。長い髪を尻尾のようにくくり、鋭い瞳をしたその男は、宜野座伸元。外務省行動課の一員で、つまりは須郷の同僚だ。

炯とは赴任最初の事件より、いろいろと因縁のある相手であった。

ターレットの停止を確認し、ティルトローター機がゆっくりと降下し始める。そこには花城と狡噛の姿もあった。それを見上げ、須郷が安堵の息を吐いた。

「間に合ったか」


「逃した」

二機のターレットを失ったジャックドーは、すぐさまヴィクスンへと連絡を入れた。

「次のタスクへ。……そちらは？」

ヴィクスンから、すぐに返答がくる。

「セカンドタスク、クリア。ファクター2の処理に向かう」

ガチャガチャと何かを取り付けている音がかすかに聞こえる。あちらは順調なようだ。

ジャックドーの方も、失敗したタスクに固執している暇はなかった。通信を切り、次のタスクを進めに行く。


ティルトローター機から降り、花城たちは須郷の止血をすませた。

花城は須郷を炯の車へと乗せる。

運転席に座った花城が、宜野座と狡噛に告げた。

「私は須郷を搬送する」

「すみません」

申し訳なさそうにする須郷をフォローするように、助手席をのぞき込んで、宜野座は柔らかい笑みを浮かべた。

「あとは任せておけ」

狡噛も反対側から、花城に声をかける。

「こっちは空から、ターレットの遠隔操作を逆探する」

花城が頷いたところで、横から炯が割り込んだ。

「俺も同行させて欲しい」

「別にかまわないが、お前は役に立つのか？」

狡噛が値踏みするような目を炯に向ける。宜野座も同感だった。自分がいなくなってから一係に入った後輩の力量はまだ未知数だ。むろんシビュラが監視官に選んだ以上、適性はあるのだろうが、刑事（デカ）という仕事が適性だけで上手くいくものでもないことは、宜野座は身に染みてよく知っている。

「もちろんだ」

それでも、まっすぐに狡噛を見返す瞳は立派な猟犬のものだった。狡噛もそう思ったのだろう。

「わかった」

短く了の答えを返していた。

かつて猟犬だった男たちと、今の猟犬である男は共にティルトローター機に乗り込んだ。

庭を食い荒らすずる賢い獣どもを、全て狩りつくすために。

ドローンとバリケードにより、封鎖された公安局ビルの前。

『特別非常警戒中。一般市民の立ち入りは禁止されています』

「俺は監視官だぞ。……クソッ」

コミッサ・ドローンに通せんぼされた、三係の監視官、相良は悪態をついた。先ほどから何度もデバイスを提示しているのに、融通の利かないドローンは、同じことを繰り返して、まるで言うことを聞かない。

「ダメだ。まったく操作を受け付けない」

もう一人の三係監視官である米谷もデバイスを操作していたが、そちらの結果もはかばかしくないようだった。周囲を警戒していた執行官が、米谷に声をかける。

「監視官、マスコミも駆けつけています」

これだけ派手に公安局ビルが封鎖されているのだ。一般市民であっても、何かあったと感じて当然だろう。しかし、公安局員である自分たちが閉め出されるような異常事態だ。マスコミに騒がれれば、市民に不安が広がり、サイコハザードを起こしかねない。

「誰も近づけさせるな」

米谷は鋭くそう命じた。少しでも時間を稼ぐしかない。だが、それもいつまで誤魔化しておけるかは、わからなかった。


局長室の扉が開き、銃を構えた男が入ってくるのを細呂木は無感動に出迎えた。

椅子に腰掛けたまま、ガラス玉の瞳で男――ジャックドーを見つめる。

「ここは、厚生省公安局本庁舎だ。君は……気でも触れたかね」

そして、どこか面白そうに微笑んだ。


エレベーターホールから逃れた唐之杜とカリナは非常階段にいた。

唐之杜の判断で四十四階まで上り、今はフロアに入るため、デバイスを操作して、ロックを解除しようと試みている。

カリナは文句も言わずについてきてくれたものの、心身ともにショックを受けているはずだ。デバイスを操作する傍ら、唐之杜はカウンセラーとして、カリナを気にかけてもいた。

「都知事のメンタルが曇ったら大変ね。あとで色相チェックとカウンセリングを」

「あなただって……」

カリナの声には唐之杜を心配する色が濃く含まれていた。かわいらしい。キスの一つもしてあげたいところだったが、弥生の顔が浮かんでやめた。

「私は慣れてるから」

軽く返すと同時にロックを解除。扉が開く。

「私だって、そこまでもろくないです」

強がりだ。でも、この状況でその強がりが言えるのは、カリナがメンタル美人たるゆえんなのだろう。可憐な外見からは想像できないほど、彼女は強くしなやかな子だ。だからこそ、守ってあげたいと思う。

非常ドアからフロアに出ると、真っ暗だった。人の気配はない。

とはいえ、警戒は切らさずに物陰に素早く隠れながら、目的地に向かう。

そして、目当ての部屋の前につくと、唐之杜は素早くそのロックを解除した。中に入って扉を閉める。デバイスで明かりをともすと、いくつもの箱が並べられた棚が光に照らされた。

「ここは？」

「廃品回収室よ。……何か再利用できるかも」

カリナに答えながら、棚に並ぶ箱をチェックする。あった。おそらく、これなら使える。箱を開けると、無数のダンゴムシ型ドローンが納められていた。ほとんど損傷がないそれを、唐之杜はつまみあげる。

「よし。このダンゴムシなら直せる」

いつまでもやられっぱなしではいられない。反撃の狼煙(のろし)をあげるため、唐之杜は使えそうなダンゴムシの選別と修理を始めた。

入江は展望テラスのドアにデバイスをかざした。

だが、無情にも出るのはエラー画面ばかりだ。これで何度目だろうか。

「クソッ！　なんで開かねぇんだ」

寒さに弱いのか、ずっと肩を抱え込んでいる如月が、うろんなまなざしで入江を見上げる。心外だ。そんな目で見られるいわれはない。

「正直に言って。許してあげるから」

まさかここまで如月からの信頼がないとは思わなかった。さすがにへこむ。心を入れ替えて真面目に生きようとか考えてしまう始末だ。

「俺じゃないと、何度言えば……」

さっきから何度も繰り返している台詞を言おうとしたそのとき。

突然、コミッサ・アバターが二人の前に現れた。

『公安局から緊急のお知らせです』

アバターが掲げたタブレット型の画面に表示されたアイコンを目にして、入江と如月、二人の顔色が変わった。

『どうも、こんばんは。皆さまは今、大変な状況におかれています――』

真っ黒な背景の中心に浮かぶ、〈狐〉の顔。

それは、二人にとって、もっとも忌むべき獲物だった。


非常階段を進む霜月たちの前にも、コミッサ・アバターは現れていた。

『現在このビルは完全封鎖され、陸の孤島と化しました。しかも低層エリアには有毒ガスが充満し、職員、数百名が閉じ込められている。おまけに留置場を飛び出した潜在犯は自由を求め、皆、戦う気まんまんだ』

流れてくるのは、コミッサ・アバター本来の愛らしい声ではなく、芝居がかってふざけた男の声だ。目の前にいたら、股間の一つも蹴り飛ばしたいタイプだろう。

『彼らを捕まえようにも、一係は監視官不在。二係は壊滅。三係は外出中で、もうビルには入れない』

明らかに公安局乗っ取りの主犯である男の声に、霜月は眉をひそめた。一係は監視官不在だと？　この非常事態にあのひよっこ監視官たちは何をしているのか。おまけに二係と三係すらあてにならない。今すぐメンタルタブレットをかみ砕きたいところだったが、あいにく課長室に置いてきてしまっていた。

霜月のいらだちをよそに、男の独壇場はまだまだ続きそうだった。

『局長さんは海外の傭兵に捕まり……一係の慎導監視官もどこかに閉じ込められている』

慎導、あいつ、何やってんのよ、バカ。

悪態をつきたい気持ちをぐっと堪える。今は余計な口を利かずに、この男の言い分を聞き続けるしかない。わかっていても、色相が濁りそうだった。

『皆さまが無事に解放される方法が、一つだけあります。三十分以内に小宮都知事が会議室に戻り、辞任宣言を収録すること』

何を言ってるんだ、この男は。黙って聞いていた霜月も、さすがに険しい顔になる。ここまで派手にやらかしておいて、要求するのがそれとは。いったい、この男は何を考えて、こんな事態を引き起こしたのか。

『時間厳守。いや……社会人なら五分前行動です。全ての職員は抵抗せず、ご協力を。でなきゃ、人質が減るかもしれない』

男がしゃべり終わり、息をついたタイミングで、霜月は間髪を入れず、通信を返した。

全ての通信は閉ざされていたが、コミッサ・アバターの放送が始まったところで、一つだけチャンネルが開放されていたのだ。

「刑事課の霜月です」

『あら、課長。まだご存命で何よりです』

コミッサ・アバターから聞こえていたのと同じ、ふざけた男の声が返ってきた。

「外部との通信は不通のまま。このチャンネルだけ開放されていました」

『念のための交渉用ですよ』

「我々はあなたの要求を全てのみます。都知事の居場所を教えてください」

ダメ元でそうぶつけてみる。少しでも時間稼ぎができれば御の字だ。

『ダメだよ、課長さん。時間稼ぎはなし』

だが、それは向こうもお見通しなようで、まったく乗るそぶりもなく、即座に通信は切られた。チャンネルはまだ開放されているが、考え無しに通信しても無駄だろう。

同時にコミッサ・アバターたちも消滅する。

廿六木が怒りも露わに吐き捨てた。

「ふざけたヤローだ」

まったく同感だ。今回ばかりは執行官にだって同意する。

「どうしますか、課長?」

雛河の問いかけに、すぐに指示を出す。向こうがその気なら、こっちも急ぐまでだ。

「最優先はドミネーターの確保。監視カメラの位置をデバイスで確認しつつ、移動しましょう」

廿六木と雛河が頷き、三人はまた階段を下り始めた。

梓澤の館内放送を聞いた如月は、怒りに燃えていた。

「梓澤廣一よ。公安局内にいるなんて」

悔しげに爪を噛む如月に、入江が問いかける。

「どうする？」

「決まってるでしょ。戦うの」

「シャッターは開きそうもねぇが……」

何度も開けようとはしたものの、エラーしか吐き出さないシャッターに入江が目を向ける。如月も入江も雛河や唐之杜のようなハッキング能力はない。如月は上の階を見上げた。屋上まではそう遠くはない。壁を登れば……いける気がする。

「少し行けば、屋上ね」

「少しって……」

入江が屋上を見上げて、正気か、と言いたげな顔になる。

「三十階以上あるぞ」

「イヤなら、あんたはここに残れば。私は行くわ」

そう言って、さっさと如月は登攀ルートを模索し始める。

「い、行かねえとは言ってねえだろ！」

入江が慌てて追いかけてきた。

ふん、だったら最初からそうすればいいのに。


「三十分後が楽しみだねぇ、灼くん」

コーヒーの香りがまた近づいてくる。背後から迫る梓澤の気配に、ちりちりと肌が粟立った。梓澤の言葉に嘘が感じられなくて、そのことにまた腹が立つ。

「楽しい？ ゲームのつもりか？」

さっき自分が考えていたことが、裏付けられていくようだった。やはり、梓澤廣一にとって、生きること全てがゲームで……しかも彼はそれを遊んでいるわけじゃない。

灼の問いかけに、梓澤は嘲笑を零した。

「ふっ、この社会がゲームじゃないかい？ 〈シビュラシステム〉という絶対のルールで行われる。それを理解できない奴が負けるのは仕方ないことだ」

「シビュラは人が生きるうえでの指針だ。ゲームのルールなんかじゃない。お前こそ、プレイヤーを超えた存在になりたいんだろ」

ゲームマスター、あるいはデザイナーか。いずれにせよ、梓澤は遊ぶ側でもなく、ましてや遊ばれる側でもなく、もっと上の存在になりたがっている。彼は……シビュラに成り代わりたいのだろうか。

「俺はね」

梓澤の気配がいっそう近づいた。灼の座らされている椅子に、梓澤の手が置かれる。梓澤の声がまた、寂しさの入り交じった真摯なものに変わった。普段の軽薄な声と、この真摯な声。矛盾する両極の声は、どちらもが梓澤で彼そのものを表しているようだ。

「ただ完璧なものでありたい。君ならわかるはずだ。俺たちには共通点が多い」

どこか、すがるようなその言葉を、灼は切って捨てた。

「一緒にするな。何もかも違う」

「いや、共通点がある」

それでも、梓澤は退かない。灼の耳元に生暖かい吐息がかかる。近い距離で囁かれた低い声が、灼の耳朶を打った。

「君の親父さんだよ」

父親のことを口にされ、灼の顔に動揺が走った。父が〈狐〉とつながっていたことは知っている。だがいざ梓澤の口から父のことを聞くと、平静ではいられなかった。

「君は篤志さんの死の謎を解きたくて、監視官になったんだろ。……だが、それはやめた方がいい」

ふざけた声と真摯な声が混じり合っている。それは灼を動揺させるための言葉なのか、からかっているのか、それとも……本当のことを言っているのか。気持ち悪いほどのマーブル模様を幻視したような気になって、ムカムカしてくる。

「あの男は人を狂わす」

「ふざけるな!」

思わず、怒鳴り返した。これ以上、梓澤に父のことを語らせたくなかった。お前に何がわかる。あの人の、何がわかるというのだ。

「父さんは、いつも誰かのために戦う人だった!」

梓澤の気配が離れていく。だが、その気持ち悪い声はまだ灼へとつきまとっていた。

「厚生省の記録上はね。実際のところ、あの人はろくでなしだよ」

何も知らないんだな、と言いたげだ。上から目線のわかったような声にいらだちが募る。それとも、梓澤は本当に自分の知らない父を知っているのか。

「人をゲームの駒にするやり方は、あの人から学んだんだ」

「父さんは自分のためにメンタリストのスキルを使う人じゃない!」

梓澤の言う父の姿を必死に否定する。だが梓澤も譲らない。揺らがない。

「目的が手段を正当化するってやつ?」

「少なくとも、どこまでいっても自分のことしか考えない、お前とは違う」

それでも……灼は父を信じたい。真っ向から梓澤を否定した。梓澤が大きくあきれたようなため息をつく。

「わかってないなぁ。……俺は自分なんて、どうでもいい。ただ世界の真実が知りたい」

世界の、真、実。

その言葉を聞いた瞬間、雨が、降、り、始、め、た。

世界がモノクロになり、ノイズが走る。色がついているのは、目の前の男がかぶる……狐の面だけ。

そして、狐面の梓澤の背後に、何かが見える。空中に浮かぶいくつもの箱。あの箱はなんだ？　何が入っていた？　見てはいけないもののような気がする。見るな。見るな。これ以上、見るな。思い出すな。見ては……いけない！　戻れなくなる！

突然、苦しみ始めた灼に梓澤は怪訝な顔をした。

「ん？」

だがすぐに気づく。これは……灼の父親、慎導篤志と同じ能力だ。彼は今、きっと俺のメンタルをトレースしている。心を丸裸にして……同化しようとしている。

「あ……篤志さんと同じメンタルトレースか」

あまりに面白くなって、梓澤は笑った。苦しむ灼に嘲りをぶつける。

「親父そっくり」

かつて、慎導篤志は自分を曇らせた。自分はあの人に憧れた。けれど……そっくりな息子を見ても、もう何も感じない。ああ、わかった。ようやく自分はあの人を超えられたのだ。超えていたのだ、きっと、とっくに。

「でも、ざーんねん。俺はもう曇らない」

コートを手に取り、肩にかける。

「あの人は……親父さんは、コングレスマンを目指してた。俺も……」

でも、もう俺はそんなものを目指さない。あの人と同じ場所ではなく、もっと高いところへ、もっと深いところへ、世界の真実へとたどり着く。

「こんなこと君に言っても……しょうがないか」

しょうがないと言いながら、口にしてしまったのは、慎導篤志という男への未練の残滓のようなものだったのかもしれない。

それを振り切るように、梓澤は早足で部屋を出ていった。

遠ざかる足音と扉の閉まる音。

しばらく待ってみて、誰の気配も感じられなくなった部屋で灼は独りごちた。

「行ったか」

メンタルトレースからは、少し前に戻ってこられていた。

ザイルは、まだちゃんと自分の体に巻きついていた。そのことが、やはり梓澤と自分は違うのだと思わせてくれる。

梓澤の言っていることも、さっきメンタルトレースで見た風景も気になってはいる。しかし、まずはここから脱出してからだ。とりあえず拘束をどうにかすべく、灼はもぞもぞと体を動かし始めた。


ダンゴムシが換気口から旅立っていく。

「通信を妨害されてるんじゃ……」

換気口を見上げていたカリナが、唐之杜に振り返る。ダンゴムシを修理したところで、操作できないのでは、と言いたげだ。唐之杜は、二機目のダンゴムシの修理にかかりながら、カリナの不安に応えた。

「ビル内の通信機能を奪われただけ。電波そのものは飛んでるわ。敵もドローンを操作しなきゃいけないだろうし」

話しながらも、手は止めない。武器は多くて困ることはない。このダンゴムシは有能だ。電波の中継器としても、ハッキングの器械としても。これがあれば、奪われた通信機能を取り戻し、霜月たちと連絡を取ることができる。

「……要求に、応えるべきだと思います？」

それでも不安は消えないのか、カリナがそんなことを言い出した。

「いいえ。それだと逆に状況が悪化すると思う。……例のあなたのＡＩは？」

即座に否定してやる。古今東西、テロリストの言い分を聞いて、ろくなことがあった例はない。

「マカリナも同じ意見です。……でも、それだと自分の色相が濁るのもわかるんです」

「戻れば殺される。戻らなかったら色相が濁る……か。梓澤って男、ひねくれた性格してるわ」

究極の二択を突きつけて、被害者が右往左往するのを見ているのだろう。まったく、いい趣味と性格の持ち主だ。できるだけ関わりたくはない。男なんてものは、もっと単純なくらいがかわいげがある。元一係の不器用だった男たちのように。

「どうすれば……」

カリナが心細げにつぶやく。唐之杜は彼女を安心させるために微笑んでみせた。

「私たちに任せて」

たとえ、もうあの熱く不器用でバカだった男たちが、全ていなくなったとしても。

たとえ、一番濃密な時間を過ごした彼女が、娑婆へと戻っていったとしても。

たとえ、まっすぐに自分の道を貫いた彼女が、捕らえられたとしても。

唐之杜志恩はここにいる。そして、新たな仲間たちも。

「刑事課はまだ終わってない」

きっぱりと言い切られた言葉に、カリナが目を見張る。

そして……愛らしいリップに彩られたその唇に勝ち気な笑みが浮かんだ。


閉じ込められた部屋で、灼は必死にもがいていた。

拘束されているのがワイヤーでなく、縄であったのが幸いだ。このあたりは敵の妙な古風趣味に感謝すべきかもしれない。

少しでも緩めば縄抜けできるかもしれないと、腕に力を込める。ぎちぎちと縄が食い込み、腕が痛む。そうしているうちに——

「うっわわっ……」

バランスを崩し、椅子ごと床に転がった。

「イッテテ……」

硬い床にしたたかに体を打ち付け、苦痛にうめく。わかったことがある。ここの床には何も敷いてない。絨毯くらい敷いておいて欲しかった。

と指先が床に転がっていた何かに触れた。たぐり寄せ、握りしめる。四角い、ガラス瓶。これは――

「カリナちゃんからもらった香水……」

椅子ごと倒れた拍子に、ポケットから転がり落ちたのだろう。ぎゅっと握りしめる。これがあれば、助かるかもしれない。この香水は大事な命綱だ。

……ありがとうカリナちゃん。君は勝利の女神かもしれない。

警棒を構えた廿六木を先頭に、非常階段を駆け下りる。

フォーメーションは次いで霜月、殿に雛河の順だ。片手を上げ、安全を示す廿六木を追いながら、霜月が二人に問いかける。

「さっきの要求、どう思う？」

餅は餅屋。犯罪者の考えは、潜在犯に、だ。雛河がすぐにぼそぼそと答える。

「都知事の辞任なんて、この状況で宣言しても意味ありませんよ」

雛河の意見に廿六木も同意した。

「その場で殺す気だな。直接、手を下さねえんなら、なんか仕掛けがあんだろ」

二人も同じ考えだったことで、霜月は改めて今後の指針を考える。霜月自身の予想も同じだったが、所詮、自分はクリアカラー。犯罪者側の人間ではない。それでも犯罪者寄りの考え方も少しずつできるようにはなってしまっているが。それもこれも、全ては秩序のためだ。とりあえず考えを口にしながら整頓する。

「同感ね。人質を解放するか、敵の身柄をおさえるか。なんにせよ、時間を稼いでシステムを復旧し、ドミネーターを確保する」

と、その肩にいきなり何かが飛び乗った。蜘蛛のようなそれに、霜月は悲鳴を上げかけ、慌てて自分の口をふさぐ。だが、よく見てみれば、それは――

「は？　ダンゴムシ……？」

使い慣れたダンゴムシドローンだった。すぐさま、デバイスを起動し、通信チャンネルを開く。画面に唐之杜の姿が現れて、ほっとした。

『よかった、課長』

「志恩さん」

思わず歓喜の声を上げてしまう。この状況で、唐之杜との連絡ができるようになったことは大きい。さらに、唐之杜の隣にはカリナの姿があった。

霜月たちは女子トイレに場所を移した。

雛河と廿六木が微妙に居心地悪そうにしているが、緊急事態だ。いちいちくだらないことを気にするな、と言いたい。

唐之杜とカリナは二人とも元気そうだった。

『通信に成功。一応、安全な回線よ』

『私は大丈夫です。唐之杜さんといます』

「都知事……よかった」

カリナは少し青ざめてはいるものの、外傷はなさそうだ。メンタルもおそらくこの分だと、そんなに濁ってはいないだろう。唐之杜様々だ。とはいえ、のんびり話している場合ではない。

『今は状況を確認中。位置が不明なのは入江くん、真緒ちゃん、灼くん、細呂木局長』

早口な唐之杜の報告を聞いて、霜月は彼女に指示を出す。少し迷ったが、六合塚のことは口にしなかった。

「了解です。とにかく志恩さんは位置不明者、毒ガスの分布、人質の位置を調べて。今、唐之杜を動揺させたくない。

……ドミネーターは使えるわね？」

『ええ、問題なく使えるはず』

ドミネーターが使えるなら、十分に反撃の目はある。廿六木が霜月の内心を代弁するように、すぐに答えを出した。

「じゃあ、俺たちはこのままドミネーターの入手だな」

「ええ。そのあとサーバールームへ向かう」

サーバールームを奪還すれば、こっちのものだ。グズグズしている迷子の犬たちをさっさと回収して、狩りを始める。

気合いを入れる霜月に、唐之杜がさらなるプレゼントをくれた。

『あと課長。デバイスのGPSを攪乱させるダミープログラムを作っておいたわ』

「さすが志恩さん」

刑事課古参の分析官は伊達じゃない。

こうなったら、もう負ける気はしない。

私の刑事課に舐めた真似をしてくれた落とし前をきっちりつけてやろうじゃないの。

霜月との通信を終えた後、カリナは嫌な可能性に思い当たった。

「あの……最初に減らされる人質って……もしかして、慎導くんじゃ……」

「可能性は高いわね」

唐之杜に同意され、胸がざわついた。彼が死ぬ。殺される。そう考えると、今までで一番、心が曇りそうな気がした。焦りが胸を締めつける。

「彼の居場所、わかりませんか？」

「落ち着いて。まず毒ガスの分布を調べる。これである程度、他の人間の居場所も、安全に移動できるルートもわかる」

唐之杜がデバイスを操作し、ビル内のどこが安全かを調べてくれる。灼がまだ生きている以上、毒ガスのないところにいるはずだ。

「ビル内の対BC兵器設備にダンゴムシでアクセスすれば……ほら出た」

デバイスに表示されたビルの見取り図をのぞき込む。二十階から下が紫色に染まっていた。唐之杜が簡単に説明してくれる。

「二十階から下は毒ガスでいっぱいね」

毒ガス以外にも、ビル内に存在するあらゆる気体の分析データが表示されたデバイス画面を見て、カリナはぴんときた。

「これ、相手の位置もわかるんじゃ……銃とか、火薬の臭いがけっこうすごいから」

臭いがする、ということは空気とは違う気体が存在しているということだ。カリナの意見に唐之杜が感心する。

「よく知ってるわね」

「映画なんかでレプリカを使うんです」

「ナイスアイデア。成分分析のフィルターを細かくしてみましょ」

唐之杜がキーボードをタップし、成分分析の分析レベルを上げる。すぐに異常と思われる気体に含まれる成分表が出てきた。

「何かヒットした。火薬じゃないけど……大量のアルコール類？」

変性アルコール、香料、メトキシケイヒ酸エチルヘキシル、M－プチメルト、リモタル、a－イソギンチャク、クマノミ、シトロネローリング、ピオナール、プリツフェニール、安息香酸ペンシル、ペンシルアルコール、青1、赤227。

「ジブチルヒドロキシトルエン、合成香料……」

成分表だけ見ていてもわからなかったが、唐之杜が成分表で検索をかけ、ヒットしたものにカリナは驚いた。青く、四角い香水瓶。カリナコラボのSAMURAI。

「慎導くんだ！」

「え？」

「私が彼にプレゼントしたものです」

普通、香水は気体の成分分析にひっかかるレベルで使用したりしない。そこまで香りが広がるということは、瓶の中身をぶちまけでもしたのか。あるいは――

唐之杜も同じ考えに至ったのか、すぐにその気体が広がる部屋をピックアップする。

「場所は……」

五十階。執行官宿舎フロアの一室が提示される。

「真緒ちゃんの部屋。ここから六階上、近いわ」

唐之杜とカリナは揃って、天井を見上げた。

一方、少し前の灼は椅子に縛られたまま、床を這いずっていた。

ドアが閉まったときに聞いた音と、かすかな機械音を頼りに、換気扇の下を目指す。段差にぶつかった。室内に階段があるのか。梓澤の足音からすれば、そんなに長い階段ではない。大丈夫、登れる。

食い込む縄と、無理な体勢による痛みを堪えて、灼は階段を這い進む。やがて、換気扇の回る音が頭上に来て、ようやく力を抜けた。

息を整えてから、再び力を込める。手に持った香水瓶を床に叩きつけたが、頑丈な瓶はその程度では割れなかった。この方法では無理だ。

疲れた体に鞭打って、椅子ごと体を持ち上げる、そのまま……瓶に椅子をぶつけた。割れる衝撃と共に、椅子の角がきつく食い込む。

今度こそ力尽きて、灼は床に倒れこんだ。

香水の香りが広がっていく。爽やかで清涼感のある香りだったが、さすがに至近距離で大量に嗅ぐと、少し気持ち悪い。だがこの香りが、灼のザイルになってくれる。

「志恩さん、気づいてくれ」

祈りを込め、灼は少しでも体を休めるために、目を閉じた。

唐之杜とカリナから、灼の救出に行くことを告げられた霜月はもちろん反対した。

せない。

「ダメよ、危険過ぎる」

カリナは最重要保護対象であり、敵が狙っている相手だ。わざわざそんなリスクを冒

『見殺しになんてできません』

あ、ダメだ。きっぱり言い切るカリナの目は、見たことがある目だった。言い出した
ら引かない目だ。今は遠くにいる先輩が、よくこんな目をしていた。最悪だ。

『今は動ける全員で、為せることを為すときでは？』

唐之杜にまでそう言われて、霜月はやけくそぎみに了承した。

「ああ、もう……！　分析官。あなたが慎導を救出して！」

考えてみれば、どこにいたって危険なことに変わりはないのだ。ならば、使える手数
は多い方がいい。慎導灼には護衛対象に救出されるという恥をかいてもらおう。

「了解」

唐之杜が満足げに頷いて、通信は切れた。胃がキリキリする。あとで色相をチェック
するのが怖い。こうなったら、灼には始末書を何十枚と書かせてやる。そうでなければ、
気が晴れないというものだ。

カリナと唐之杜が、囚われの灼のもとへ向かって走り出した頃。

分析官ラボにいた小畑は、ダンゴムシの存在に気づいた。

「ん?」

自分が操る蟲型ドローン以外の遠隔操作の電波を検知し、ダンゴムシの居場所を突き止める。

「腕ききの分析官ってやつ?」

公安局にそういうヤツがいるのは知ってる。このラボの主。タバコくさいババァだ。

だが、こんなもんで出し抜けるだなんて、舐めてる。

「させるか!」

すぐに叩き潰してやる。

小畑は獰猛な顔つきになると、猛然とキーボードをタイピングし始めた。

非常階段を上る、唐之杜とカリナ。唐之杜のデバイスがアラートを鳴らした。

「こっちのダンゴムシが敵に襲われてる」

「大丈夫なんですか?」

心配するカリナに、大丈夫、とウィンクしてみせ、とっておきのモードを起動する。

「数は負けるけど、少し改造しといたの」

そう、あのダンゴムシたちも、立派な一係の猟犬なのだ。

前後から迫りくる無数の蟲型ドローンを前に、ダンゴムシが身構えた。

レンズを赤く光らせ、ジャック用コードを戦闘モードに切り替える。コードを華麗に操って、ダクト内を次から次へと飛び移りながら、蟲型ドローンの猛攻をかわしていく。

いや、避けているだけではない。

光る触手は自在に伸び、隙を見せたドローンたちを容赦なく叩き潰す。

小畑の蟲型ドローンも負けじと、攻撃を激しくする。体ごと襲いかかり、レーザーを飛ばし、仲間が何体やられようが、ダンゴムシに立ち向かっていく。

だが、ダンゴムシはそのことごとくをかわし、無傷のまま突き進む。被害が増えるのは蟲型ドローンのほうだ。ドローンを操る小畑の顔色が変わってきた。

なりふり構わない体当たりで、無理矢理、ダンゴムシの動きを止める。生き残った蟲たちにたかられて、さすがにダンゴムシが動きを止めた。蟻に食べられる虫のように、ダクトにダンゴムシが転がる。

けれど、それすらダンゴムシの罠だった。

体から放たれた電磁波が、蟲型ドローンをショートさせる。

ばらばらと停止した蟲型ドローンが落ちていき——ダンゴムシがその雄姿を露わにする。と、同時にダンゴムシも最後に強くランプを光らせて、力尽きた。

「クソが！」

小畑は悪態をつき、立ち上がった。コンソールを殴りつけなかっただけ、理性があると思ってほしい。最悪だ。

ダンゴムシ一匹に、かわいい蟲型ドローンを壊滅させられるだなんて！

「梓澤!!」

左右で色を変えた瞳をぎらつかせ、小畑は梓澤に怒鳴りつけた。

「どうしたの、小畑ちゃん？」

「敵のババァに邪魔されてる！」

「後れをとったの？　らしくないねえ」

いつもの梓澤の軽口がやけに癇にさわる。まさか、自分が負けることも計算に入れていたとでも言う気だろうか。責めもしてこないところが、むかついてしかたない。

「うるせえ、クズ！」

「大丈夫。小畑ちゃんは最高さ。……対処できる」

本心なのか、どうなのか。まったくわからない。というか、どうせ最高だとか言うのは間違いなく嘘だ。このクソ野郎が最高だと思ってるのは自分だけだから。

「梓澤……このクソ野郎！」

だけど……対処できるというのなら。対処しろというのなら。小畑のことを、他の〈狐〉たちのようにまだ捨てないというのなら、もう少しだけ使われてやる。

小畑はふたたび闘志を燃やし、コンソールと向かい合った。


小畑との通信を切った梓澤は、カリナの動きを追っていた。

カリナには発信機をつけてある。

でなければ、彼女の選択を最後まで見続けられない。

「ねえ、〈パスファインダー〉」

局長室に向かっているはずのジャックドーと、霜月を追っているヴィクスンへと連絡を入れる。

『どうした？』

すぐにジャックドーから返答がきた。

「慎導灼のところに向かってくれ。都知事の動きがどうも怪しいんだ」

逃げ惑う哀れなヒロインとしては動きがおかしい。あれではまるで、慎導灼を救いにいく白馬の王子のようだ。いや、この場合、くるみ割り人形か？

『行けるか、ヴィクスン』

『ああ。だが、刑事課の課長は？』

「後回しでいいよ。手はずは整ってる」

ヴィクスンから了解を取り、通信を切った。

大丈夫。多少のずれは計算の内だ。

いずれにせよ……自分はカリナの選択を見届ける。

さて、彼女はいったい何を選んだのか。


ティルトローター機内では、三人の男が向かい合って座っていた。

元猟犬と猟犬。宜野座と狡噛、そして炯だ。

宜野座が腕を組み、先ほどの捜査結果を口にした。

「遠隔操作の電波は公安局ビルから飛んでいた」

狡噛が鋭い目を炯に向ける。

「公安局、何が起きてる?」

答えられず、炯は顔をしかめた。そんなことはこっちだって聞きたい。灼に何度連絡しても出なかった。いや、灼だけではない。霜月もだ。何か起きていることだけは明確で、自分一人がまだ蚊帳(かや)の外なのがもどかしい。

灼は……自分のザイルパートナーは無事なのだろうか。

自分の手は、もう一度、灼に届くのだろうか。

様々な思いを乗せて、ティルトローター機が、公安局へと向かう。

館内放送から三十分が経った。

『タイムリミットだ』

コミッサ・アバターから男の声が、冷酷に響く。

「待って！　都知事が今、そっちに向かってるわ！」

信じはしないだろうと思いつつ、霜月はそう言わざるを得なかった。案の定、男からは冷たい拒否の言葉が返ってくる。

『ダメだ。時間は厳守しないと。……俺にもどうにもならないんだ』

勝手なことを言いながら、コミッサ・アバターが見せつけるように、タブレット型の画面を掲げる。

そこに映っていたのは——屋上で〈パスファインダー〉と対峙する細呂木だった。

同じ光景を宜野座たちも、ティルトローター機の中で見ていた。

公安局のヘリポートに着地しようとするティルトローター機は屋上にいる細呂木とジャックドーの姿をしっかり捉えていた。

いてはいけない人の姿に、宜野座が驚きの声を上げる。

「局長？」

「隣は〈パスファインダー〉だ」

狡噛が低い声で答える。嫌な予感がして、宜野座はコックピットに走った。

ヘリポートにティルトローター機が近づくと、光学迷彩で隠れていた軍事ドローンが姿を露わにした。対空砲火が放たれる。

「まずい！　離れろ！」

勘が当たった。

操縦桿を切ったパイロットのおかげで、直撃は避けられたものの、至近距離での爆風でティルトローター機が揺れる。

軍事ドローンがティルトローター機を砲撃するのを後ろに、細呂木は静かに立っていた。

「ふん……私を殺しても無意味だ」

「意味は我々が決める」

そう言うジャックドーに、哀れみにも似た視線を向ける。この男は何も知らない。この世界の真実を、何も。

「そうじゃない」

私を殺しても、何も変わらないということを。

「私はこの世界の、ほんのひとかけらに過ぎない」

そう言うと、細呂木はそのまま後ろへと踏み出した。

細い体が雪空に舞う。


細呂木の落下を見た人々でビルの前は騒然としていた。

米谷が叫ぶ。

「だ……誰か落ちたぞ！」

距離が遠すぎてわからなかったが、間違いなく死んでいる。ついに、目の前で人死にが出る事件となってしまった。いったい、内部では何が起きているのか。

マスコミがいっせいに騒ぎ立てる。

「ドローン飛ばせ、飛ばせ！」

「都知事を探して映せ！」

それを前に、米谷は自分たちにできることを探して、指示を出す。

「報道スタッフをおさえるぞ！」

どうせ中には入れない。ならば、今は少しでも自分たちの為すべきことを為すしかないのだ。どれだけ無力感にさいなまれようとも。

細呂木の死は、執行官たちに強いショックを与えていた。

「局長が……？」

「殺された……」

呆然とする廿六木と雛河の隣で、霜月は黙って画面を見つめていた。この中で、ただ一人、真実を知る霜月だけにはわかった。なぜ、局長が自ら飛び降りたのか。

それが最善だったからだ。

ならば、自分たちにできることは、局長の遺志を継ぎ、この事件を解決すること。それを成しうる者なのだと、自分はあの人たちに見込まれたのだから。

非常階段を駆け上がるカリナたちの耳に悪魔の囁きが聞こえる。

『見ましたか、都知事。あなたのせいで人が死にましたよ』

コミッサ・アバターの姿を借りて、囁かれるその言葉は、少なからずカリナの心を削った。死に様こそ、唐之杜が『見ちゃダメ』と抱きしめてくれたことで、目にしてはいない。それでも聞こえてきた音で、局長が生きていないことはわかっていた。

『次は慎導監視官。その次は一般職員だ』

悪魔が、守りたければ折れてしまえ、と囁く。

それでも、カリナは足を止めない。走り続ける。

そうすることで、もっと大きなものを守れるのだと信じて。


軍事ドローンは執拗（しつよう）なまでにティルトローター機を狙っていた。

ひっきりなしに弾をまき散らされるせいで、ヘリポートに近づけない。でかい図体（ずうたい）ではガトリングをかわし続けることもできずに、少しずつダメージが蓄積していた。

「右エンジン、出力低下」

「なんとかもたせろ！」

無茶を言っているとわかってはいたが、宜野座はパイロットに叫んだ。

局長が死んだ。

そのことだけでも、古巣の惨状が窺える。

一刻も早く、中へと乗り込みたかった。

ようやく屋上へとたどり着いた入江と如月も、その光景を見ていた。

あのティルトローター機はおそらく外務省行動課のものだろう。

それが軍事ドローンにめちゃくちゃに撃たれている。

「思った以上にやばいことになってんな」

「ドローンをどうにかしないと」

「あんなの、どうにかなるのかよ」

そう言いつつも、入江は軍事ドローンの攻略法を考えていた。こんな事態になっているとは、完全に出遅れたが、挽回のチャンスだ。

こんなところで死んでたまるか。

むしろ、逆手にとって、如月にかっこいいところを見せてやる。


局長の死を確認したジャックドーは、エレベーターでビル内に戻った。

ヴィクスンへ進捗確認の連絡を入れる。

「ネクストタスク。ポイントBの狙撃ターレット起動。……そっちは？」

『予定通りだ』

変わらない落ち着いた声だ。この分なら、慎導灼の殺害はヴィクスンに任せておいて問題ないだろう。

エレベーターはゆっくりと降りていく。つかの間の休息だ。

執行官宿舎フロアにたどり着いた唐之杜は、息を切らせていた。

肩で息をしながら、廊下に設置されている緊急ボックスの鍵を解除する。カリナが心配そうにのぞきこんできた。

「大丈夫ですか？」

「ええ……」

答えようにも息が整わない。そうこうしているうちに、ボックスが開いた。

「ふう、タバコのせいか、トシのせいか……」

まだ後者だとは思いたくないが、分析官ラボにこもりっきりでろくに運動もしていなければしかたないかもしれない。弥生がいなくなってから、めっきり運動量が落ちた。

「これよ、これ。緊急キット、あなたも持ってて。何をするかわからない相手だから」

このフロアにまで毒ガスが流される可能性がある。緊急キットの中から、ガスマスクを取り出して、唐之杜はカリナに手渡した。

「はい」

自分もガスマスクを手に立ち上がる。

「行きましょう」

まだ息は整いきっていないが、悠長にしている暇はない。敵に気づかれる前に灼を助けなければいけない。二人は、揃って如月の部屋へと駆けだした。

先行するダンゴムシが、アイカメラに灼の姿を捉えた。

「……いた」

室内に灼以外の存在がいないことを確認してから、入る。床に倒れている灼にカリナが駆け寄った。

「慎導くん!!」

息をしている。そのことに涙が出そうになった。でも、泣いている場合ではないと堪えて、急いで唐之杜と協力して、縄をほどいていく。

「カリナさん！」

まったく、カリナさん、ではない。

まずはたっぷり文句を言ってやらなければ気が済まない。


「ちっ」

もぬけの殻となった部屋を見て、ヴィクスンは舌打ちした。

あのお姫様は雇い主の想定以上におてんばだったらしい。

だがいい。すぐに居場所はわかる。

そのときが……あいつらの最期だ。

灼を支えながら、カリナたちは非常階段に駆け込んだ。

唐之杜が鍵をかけると同時に、カリナは床にへたりこむ。まだぐったりしたままの灼を見ていたら、心配混じりの怒りがこみ上げてきた。

「なんで私があなたを助けてるの」

「はぁ……すみません……」

もっとも、そんな心配半分怒り半分な気持ちは、すまなさそうにしつつも、やはりどこかいつものマイペースさの残る灼を見ていたら、少しずつ霧散していった。代わりにゆっくりと安堵の気持ちがわいてくる。

悔しいけれど……やはり彼は自分のボディガードなのだ。そばにいてくれると、心強いと思ってしまう。たとえ、今は救出したのが自分の側であったとしても。

床に倒れている灼のデバイスに、霜月からの通信が入った。

霜月の顔が映るなり、罵声が飛ぶ。

『この役立たず！』

「うう……」

起きているのか、寝ているのかわからないような相づちをうつ灼に、霜月が早口に指示を出す。

『とにかく無事で良かったわ。そのままサーバールームへ向かって。そこに分析官が行けば、反撃できる』

その言葉に唐之杜が女優顔負けの色っぽいウィンクで応える。灼もようやく頭が冴えてきたのか、勢いよく起き上がった。

「了解」

ここからが反撃の時間だ、というように顔を引き締める灼を、カリナは見つめていた。きっとなんとかなる。そんな根拠のない希望が胸に灯った気がした。

ヴィクスンからの報告は、少々不快なものだった。

会議室でそれを受けた梓澤は、眉間に皺をよせ、眼光を鋭くする。

「……慎導くんがいない？」

それは……つまり、ヴィクスンを出し抜いてお人形の都知事たちが灼を救出したということか。この程度のイレギュラーは対応可能だが、灼が自由になったということに、ひどく胸がざわついた。

慎導篤志はどこまでも自分の邪魔をするつもりなのか。

いや、もう彼は過去の亡霊だ。

自分はもうそんなものには煩わされない。

けして、彼に曇らされたりはしない。

彼よりずっと……高いところへたどり着くのだから。

ティルトローター機内は緊迫した空気に支配されていた。

パイロットが腕を負傷し、苦しげにうめく。それでも無理をしようとするパイロットに代わるため、宜野座はサブの操縦席へとついた。

「代われ！　俺が飛ばす！」

「了解！」

コントロール権が宜野座へと移る。本当にいろいろやらされる職場だ。刑事課もそうだったが、行動課はある意味それ以上のなんでも屋だ。もっとも、できなければ生き残ることさえできない。

操縦権を得た宜野座の目が、獲物を追う猛獣の鋭さを増していく。

ドローンのカメラが屋上にある二つの人影を捉えた。見たことのあるその姿に、炯は思わず声を上げた。

「うちの執行官たちだ！」

武器を持っている様子もないのに、ドローンへと近づいていく二人に狡噛が驚く。

「丸腰でドローンを排除する気か!?」

「機内に対ドローン兵器は？」

「通常の拳銃や手榴弾なら。電磁パルス弾は、公安と国防以外に支給されない」

狡噛の回答に落胆する。その程度の武装で軍用ドローンと戦わせることになるとは

……物資の足りない紛争地帯と変わらない。それでも――

「ないよりマシか……」

炯はシートベルトを外し、少しでも部下に多くの支援物資を渡すため、立ち上がった。

「この機体を囮にして、武器を渡そう」

「ギノ！」

同じく立ち上がった狡噛が操縦席へと叫ぶ。

「了解だ！」

自分たちのやりとりを聞いていたのだろう。宜野座の返事と共にティルトローター機が方向を変えた。

空を落とさんばかりに弾をばらまく軍事ドローン。

ティルトローター機は直撃を食らわないよう、しかし、わずかずつでも屋上へと近づいていけるように絶妙な操縦で飛んでいく。

風に煽られ、銃弾に追い立てられ、不安定な飛行を続けるティルトローター機から、炯が姿を現す。その手には武器を詰めたバッグがあった。

風圧に負け、体が飛ばされそうになる。だが、ここで失敗はできない。炯はザイルを握りしめ、屋上にもっとも近づいた一瞬に荷物を放り投げた。

武器と希望の詰まったバッグが、屋上へ着地する。

同時に、ドローンの銃弾から逃れるため、一気にティルトローター機は上昇した。炯の体がふわりと浮き、落下しそうになる。

ザイルからすら手が離れそうになった、その瞬間。

強風に揺れる炯の手を掴んだのは、狡噛だった。ごつごつとした無骨な手が炯をティルトローター機へと引き上げる。

炯が目線で告げた感謝に、狡噛も目だけで返し、乗降口の扉は閉じた。


軍事ドローンは入江と如月に見向きもせず、空を狙っていた。

二人がその砲塔の向く先を見れば、ドローンを引きつけるように飛ぶティルトローター機の姿がある。中から人影が現れたかと思うと、屋上へと何かが投げ落とされた。

「何か落としたわ」

「よし、取ってくる」

可能性は低いが危険物じゃないとも言い切れない。入江は如月に先んじて、落とされた荷物のもとへと走った。如月もすぐに後を追ってくる。

バッグの中身は危険物ではなく、待望の武器ではあったものの……そのラインナップを見た入江の口から出たのは戸惑いだった。いや、はっきり言おう。がっかりした、と言っていい。

「ええ……？」

拳銃と、手榴弾が少々。廃棄区画のチンピラを相手にしてるわけじゃねえんだぞ、と声を大にして言いたい。

「こんなんで、やれってのか」

拳銃をつかんでしげしげと眺めていると、如月がバッグに手をつっこんだ。

「デバイスがあるわ」

「おっ」

如月がデバイスを起動する。すると、懐かしのイグナトフ監視官様の姿が映った。炯と別れたのはつい昨日だった気もするが、なにせ、屋上に出てからの出来事が濃密に過ぎた。

『二人とも無事で良かった』

切羽詰まった炯の声に、如月が目を見開く。

「監視官」

無事で良かった、とはどういうことか。炯の背景はあきらかにティルトローター機の座席だった。公安局の様子といい、あの軍事ドローンといい、聞きたいことは山ほどある。

　まだまだ長い夜になりそうだった。


〈ビフロスト〉ルーム。

騒がしく硝煙と血に満ちた公安局とは違い、こちらでは静かな戦いが繰り広げられていた。

だが、静かであっても、熱さは公安局と変わらない。そして、生み出されるであろう死者と不幸の数はそれ以上と言えるかもしれなかった。

なぜなら、彼らの戦いは――

**『リレーション進行・〈シビュラシステム〉による報道管制・都内エリアストレスによる・治安悪化ブロック発生』**

淡々と発される〈ラウンドロビン〉の報告に、まずは代銀が動く。

「ショートの資金を投入」

一般市民からすれば想像もつかない額を表す、資金ブロックが動く。静火はそれを眉一つ動かさず穏やかな笑みのまま受けた。

「この状況で空売りですか？」

「小宮カリナの死。この混乱が莫大な利益を生むぞ」

静火の問いにあっさりと代銀が答える。このご老人はずいぶんと梓澤の手腕を信用しているようだ。確かに彼の実績は素晴らしい。

だが……自分は彼には賭けない。

「公安局刑事課へのダイレクト・ベット」

資金ブロックを公安局へと押し出せば、代銀が呆れたようにため息をついた。

「単純だな。君に私の真似はできまい」

否定はできない。する気もない。だが、ときには考え込まれた複雑な手よりも、シンプルな一撃の方が強いということを、静火は父から学んでいた。

策士は策に溺れる。

代銀は……彼の足の下に忍び寄りつつある沼に、いつ気づくだろうか？

「ええ、代銀さん。あなたの手は複雑だ。……そして、その分、退き時を見失っているのでは？」

ここに来るまでに万全の準備は整えた。代銀が梓澤を信用しているように、自分も自分がベットしているものを信じている。

とはいえ、代銀は父の代から〈ビフロスト〉で生き続ける化け物だ。この勝負、どちらが勝つか……。緊張をはらむ内心のかすかな揺らぎに、ほんの少し静火の視線が強くなる。

「こちらの台詞だ。まあ、見ていろ」

静火の視線を若者の逸りと見たか……代銀には鷹揚に嗤って受け止められた。

そうだ。それでいい。そのまま……僕の目的に気づかなければいい。

そうすれば――勝利は、この手に。


入江と如月は武器を構え、覚悟を決めた。

軍事用ドローンを前に、二手に分かれる。

「行くぞ！」

入江は物陰から飛び出すと、先手必勝とばかりにドローンのセンサーへと銃弾を叩き込んだ。ターゲットが入江へと向く。

センサーを壊され、混乱しつつも、入江を撃とうとするドローン。その底部で爆発が起こった。如月が投げた手榴弾だ。ナイスタイミング。真緒ちゃん、愛してるぜ。

如月が二つ目の手榴弾を投擲する。

狙い過たず、ドローンの足下に落ちたそれは今度こそ、完全に脚部を破壊した。煙を噴き、ドローンが動きを止める。

動きを止めたドローンを確認し、宜野座が叫んだ。

「衝撃に備えろ!!」

操縦桿を握りしめ、ティルトローター機ごと、ドローンへと体当たりを敢行する。

ティルトローター機の質量に敵うわけもなく、ドローンはそのまま屋上から押し出されていき、ヘリポートの端の出っ張りへと落下して、転倒した。

ティルトローター機が再び、空へと舞い戻る。


ドローンのもとへ入江は駆けつけた。

本当に停止しているのか、確認する。

と、ドローンの脅威が去ったヘリポートにティルトローター機が近づき、炯と狡噛が降りてきた。如月が炯へと走り寄る。

「イグナトフ監視官！」

必死なその声に、なんだか釈然としないものを覚える。まさかな、監視官は既婚者だ。如月が炯を……なんてあるわけない。

と、そんなことを考えている場合ではなかった。ドローンのカメラアイが何度も赤く点滅しているのに気づく。それに、ヘリポートの周囲に貼り付けられているアレは——

「んっ？　あっ……！」

無数の爆弾だ。間違いない。

「逃げろ！　自爆する！」

デバイスに向かって叫び、入江もドローンから離れるべく、走り出す。

こんなところで、死にたくはない。


「ギノ！　退避だ！」

狡噛の叫びを聞くやいなや、宜野座は一気にティルトローター機を上昇させた。

間に合うか。

急上昇のGに耐え、上空へ戻る。

間一髪。

安全圏すれすれのところで、ドローンが自爆した。

ヘリポートの周囲全てにぐるりと巻き付けられていた爆弾が、次々と連鎖爆発する。

屋上の一切合切を吹き飛ばすような大爆発だった。

巻き込まれることこそ避けたものの、炎上し続けるヘリポートには、もうティルトローター機を着地させることはできない。

宜野座は炎上するヘリポートを睨みつけながら、舌打ちした。

「クソッ！　狡噛、俺は外からなんとか支援する」

『任せたぞ、ギノ』

なんとかしてくれるだろ、と言いたげな相棒の声に、また舌打ちしたくなる。

まただ。またあいつばかり、現場に突っ込んでいく。後ろからサポートする方の身にも一度はなって欲しい。

だが……こっちにいたのが、あいつじゃなくてよかった。

狡噛に後ろを任せるなんて、そっちの方がよほど心臓に悪い。

見ていろ、狡噛。お前より俺の方が刑事として過ごした時間は長かった。公安局への後ろからのサポートは任せておけ。もちろん、お前へのサポートもだ。

宜野座は一つ大きく息を吐くと、近くの着地できるヘリポートを検索し始めた。


一方、炯たちも危ういところで、屋内に避難することに成功していた。

入江、如月……そして、狡噛もだ。

まだ続く天井からの揺れに、屋上の惨状がわかる。相当、ひどい爆発だ。命があっただけ、儲けものだろう。

同じことを考えていたのか、天井を見上げながら狡噛がつぶやいた。

「ヘリポートがあれじゃ、増援も無理だな」

そんなことはわかりきっている。苦い気持ちで炯は吐き捨てた。

「俺たちでどうにかするしかない」

如月がおずおずと炯を見上げる。

「あの……なぜ外務省の機体で？」

「いろいろあってな」

もっともな疑問だった。だが、今それを説明するには時間がなく、全てを説明できるわけでもなかった。雑な答えだが納得してほしい……と思っていると、小さな金属音が聞こえた。

見れば、公安局で使用している小型ドローン……通称ダンゴムシがそばに来ていた。通信画面が立ち上がり、唐之杜が顔を出す。

『よかった、一気に三人確認』

彼女の後ろには灼と都知事の姿もあった。相変わらずの灼ののんきそうな顔に、ようやく公安局に戻ってきた実感が湧いてくる。仲間たちも同じらしく、入江が嬉しそうに声を上げた。

「志恩さんか！」

『あら、狡噛も一緒ね』

唐之杜の口から狡噛の名が出た。そういえば、狡噛は元一係だ。この様子だとずいぶん親しい仲だったのだろう。狡噛が苦笑しながら、頷いている。

「ああ、そうだ」

旧交を温める唐之杜の後ろから、灼が身を乗り出してきた。

『炯！　無事でよかった』

「お前も無事か」

『うん。そっちも何かあったんじゃ……』

「大丈夫。切り抜けた。状況は？」

『梓澤たちにシステムを奪われて、ビル内を掌握されてる』

「被害は？　局長が落ちるのを見たが……」

『二係がやられた』

ショッキングな報告に、入江と如月が腰を浮かせた。炯は灼の報告を聞きながら、計算を巡らせる。

『三係はビルに入れずにいる』

つまり、二係と三係は戦力外。頭が痛い。味方の戦力が大幅に減った。この場合、狡噛は計算に入れられない。やつは外務省の思惑で動いている。必ずしも味方というわけではない。それでも、できる限りは呉越同舟する必要があるだろうが。

『一般職員は低層階に閉じ込められ、人質にされてる』

「一係は無事なんだな？」

ここまで報告がなかった以上、ある程度はわかっていたが、念のために確認する。

『ああ。課長、天馬さん、雛河さんがドミネーター保管庫に向かってる』

灼の口からちゃんと聞けば、改めて安心できた。大丈夫だ。一係が全員揃ってさえいれば、勝機はある。

何より……最強のザイルパートナーの無事も確認できたのだ。

弱気になる理由は、もうない。

「都知事はどうする？」

『俺たちと一緒に、今からサーバールームに向かう』

「よし、そこで合流しよう」


会議室で、梓澤はデバイスとにらめっこをしていた。

画面にはゲームの進行状況と分岐フラグが表示されている。多少のアクシデントや、予定外のできごとはあれど、状況は梓澤の思う通りに進行していた。

「順調だねえ。さっ、次の進行はと……」

こうきたら、こう。チェスでもするように、梓澤は次の一手を進める。

……もう一度、小宮カリナに選択を迫るために。

非常階段を上る灼たちのデバイスが、勝手に通信を立ち上げた。

目を毒々しい赤に光らせたコミッサ・アバターが通信画面を持ち上げる。そこに映っているのは、地下駐車場のようだ。もやがかかっているのは、毒ガスだろうか。

『皆さん、公安局総務課より迷子のお知らせです』

カメラが移動していき、一台の車がフォーカスされる。運転席に座らされ、気を失っているのは褐色の肌をした、ショートカットの女性。カリナの元秘書であり、友人でもあるアン・オワニーだ。その姿を見たカリナが叫ぶ。

「アン!?」

だが、カメラはそれ以上、オワニーの姿を映すことなく、画面はワイドショーめいた見出しへと切り替わった。

公安局ビルをバックに、目線をかけられたオワニーの写真。『公安局襲撃事件!』『衝撃映像をクリック!』『元都知事秘書の入国者、首謀者か!?』とセンセーショナルなテロップが躍る。安っぽい演出だ。

画面端に『なおChannel』とロゴがあるところを見ると、ヤツらは、リアルタイムにこれをネットで配信しているのだろう。

さらに画面が変わって、公安局内の暴動が映される。映像に合わせ、悲痛そうに見せかけている女性の声が流れ始めた。

『今、私は公安局ビル内から送信しています。入国者と潜在犯が暴れて、手がつけられません。首謀者は元都知事秘書のアン・オワニー。アン・オワニーです』

暴徒たちを指揮しているのは、アンとよく似た女性だった。合成映像だろう。だが、視聴している民衆はそこまで考えない。きっとアン・オワニー本人だと信じる。

おまけに放送している女の声がトドメだ。公安局の職員がSOSを求めているような、必死の声音だった。救いを求める女性。チープだが、大衆にはよく響く。

このままではアンが……いや、入国者がこの暴動を生んだのだと、誤解されるのは時間の問題だ。

放送を聞いていたカリナが、怒りに拳を震わせた。

「なんなの、これ」

灼はこのタイミングで、梓澤がこの放送を出した狙いを考えていた。おそらく、あいつの考えるゲームの進行は後半に入っている。そろそろ、逃走の手段が必要だ。

「梓澤が逃げ延びるためには、別の犯人が必要になる」

それがアン・オワニー。彼女を狙い撃ちした梓澤の卑怯さにはらわたが煮えくり返る。

だが、梓澤の狙いはそれだけではない……。考えこむ灼の横顔をカリナがじっと見つめた。

「助けに行かなきゃ」

「それですよ。俺たちをサーバーフロアへ行かせない。結局、それが梓澤の狙いだ」

「そんな……」

二人を見かねて、唐之杜も口を挟む。

「でも、放ってはおけない。どうするの？」

沈黙が降りた一瞬の後。

階段の上から足音が聞こえた。

灼がはっと顔を上げる。

「上から来る！」

三人が身を翻して走り出すのと、銃弾が降りそそぐのには、わずかな差しかなかった。

間一髪、非常口からフロア内部に滑り込み、ドアを閉める。次は、唐之杜が緊急ボックスから手に入れてくれた斧の出番だ。ロックをかけてすぐに灼は斧をふりかぶり、操作盤を破壊した。これで、物理的にこのドアを破壊するしか、ここから追ってくる手段はなくなる。

と、同時にまた赤い目のコミッサ・アバターが現れた。

コミッサ・アバターは、梓澤の声で呼びかけてくる。

『都知事、小宮都知事、聞こえます？』

「聞いてます」

カリナは毅然とした態度で答えた。梓澤が淡々と語りかけてくる。

『灼くんを救出できて、よかったですねぇ。でも一般職員は危険な状態だ。収録現場に戻って、辞任宣言する気はないの？』

白々しい梓澤の問いに、灼はカリナにささやきかけた。

「何も答えないで」

だが、カリナは凜とした姿勢のまま、梓澤へ答えを返す。

「全員を解放して。これは交渉ではない。言う通りにします」

『都知事、これは交渉ではない。あなたが何を選ぶかという選択の問題だ』

カリナの答えをあざ笑うように、コミッサ・アバターがふよふよと近づいてくる。カリナは梓澤へと問い返した。

「選択？」

『あなたは一度、選択してる。苦労を共にした相手を、都知事になった途端、解雇。支持政党に従い、入国者対策を厳格化した』

梓澤の言葉に、カリナがうつむく。灼の胸にまた怒りが湧いてきた。それは……カリナの傷だ。色相を濁らせることはなくとも、彼女がそれを傷だと思っているのを、灼は知っている。無遠慮にそこに踏み込む梓澤が、灼には許せなかった。

『気持ちはわかりますよ。夢だけじゃ、現実は動かない』

　それでも、カリナは顔を上げる。

「いつか動かしてみせる。私は……」

『選挙は人工知能任せの元アイドル。強みは絶世の色相美人であること』

　カリナの決意を封じるように、梓澤のターンが続く。そして……梓澤がお得意の爆弾を放り込んできた。

『でも、ここでお友達を見殺しにしたら、さすがに自慢の色相も危ないでしょう』

「私の色相を曇らせるためだけにこんなことをやってるの!?」

　カリナの顔色が変わる。カリナは確かに絶世の色相美人だ。彼女の色相は濁りにくく、それは彼女のメンタルが健やかで強いことを表している。

　しかし、それは……けして、彼女が傷つかないということではない。

　なおも言い返そうとするカリナを手で制し、灼は口を開いた。

　たいしたダメージにはならないだろうが、少しくらいは梓澤を刺してやらなければ、気が済まなかった。

「人に強制して、自分は安全な場所にいる卑怯者が。言いたいことがあるなら、直接、来て言え」

　そして、強制的に通信を切断する。唐之杜が心配そうに灼の顔をのぞき込んだ。

「そこまで言って大丈夫？」

「梓澤は計画以外のことはしませんよ」

嫌になるが、そのくらいには自分が梓澤のことを理解している自負があった。灼は決意を固めると、カリナへと向き合う。

「行きましょう。オワニーさんは俺が必ず助ける」

カリナが信頼を目に浮かべ、頷いた。この信頼に応えなければいけないと思う。

彼女の命も色相も守り抜く。

それが……今の灼の為すべきことだ。


梓澤と小畑による、煽動（せんどう）配信は三係の目にも届いていた。

相良と米谷が顔を見合わせ、困惑する。

「入国者による暴動だと？」

「そんなんで公安局を占拠できるはずないだろ。どうなってるんだ」

宜野座は彼らに近づくと、無遠慮に話へ割り込んだ。

「海外の傭兵が交ざっていたのかもな」

二人の監視官が宜野座を見て、怪訝な顔をする。

「あんたは？」

どちらも宜野座が公安局を離れてから、配属されたのだろう。古巣の変わりように一抹の寂しさを覚えつつも、宜野座は今の身分証を掲げた。

「外務省行動課だ。この騒ぎはうちと一係が共同捜査中だった事件に関連してる。詳しいことは霜月課長に聞いてくれ」

「課長に？」

二人はまだ不審そうな態度を崩さなかったが、細かく説明している暇はなかった。必要なことを尋ねる。

「ドミネーターは持ってるか？」

「ああ、もちろん」

相良の答えに一安心だ。ドミネーターがあれば、戦力が大きくプラスされる。

「それをビルの中に届けたい」

問題はどうやってそれを成し遂げるか、だ。宜野座は周囲を見回す。……と、マスコミの使うパパラッチドローンが目に入った。

灼たちは、ようやくサーバールームのある七十階にたどり着いた。

周囲を警戒しながら、唐之杜の案内で進んでいく。

「こっちよ」

あまりにも静まりきったフロアの様子に、灼の勘が警鐘を鳴らした。

「変だ……守りが薄い」

つぶやいたとたん、灼の肌がぞくり、と粟立った。

窓の外。

遠くで光る何か。

「志恩さん！　伏せて!!」

灼が唐之杜を突き飛ばす。

二人が床に倒れ込むのと、窓ガラスが砕け散るのはほぼ同時だった。

近くのビルの高層階から、公安局に向かって銃撃が続いている。

地上からそれを目視した宜野座は、狙撃手を押さえることを決めた。

「あれが伏兵か」

即座に走り出す宜野座を、パパラッチドローンを貸してくれるようマスコミと交渉中だった相良が呼び止める。

「おい、あんた!!」

「ドミネーターは任せたぞ」

あの二人だって、シビュラに選ばれた監視官だ。ドミネーターは彼らに任せておけば、無事、後輩たちの手に渡るだろう。

ならば……自分は自分にできるやり方で、彼らの障害を取り除くべきだ。

だから、宜野座はまっすぐに駆けだした。かつて、猟犬だった頃と同じように。


難を逃れた灼たちは窓から離れ、柱の陰に身を寄せていた。

直接狙われた唐之杜はかなりの恐怖だったのか、ずいぶんと青ざめていた。

「危なかった……。ありがとう」

「まだお礼を言われるのは早いですって」

灼は緊張を解かないまま、辺りを窺う。

……と、ゆっくりと足音が近づいてきた。低い声が脅迫を発する。

「逃げても無駄だ。都知事を渡せ」

銃を片手にした、壮年の男。〈パスファインダー〉だ。

罠にかかったことに内心歯がみしつつ、灼は弾かれたように立ち上がった。

「くっそ……やっぱり！　こっちへ！」

唐之杜とカリナもすぐについてきてくれる。

窓からも、〈パスファインダー〉からも離れ、フロアの奥に逃げようとすると……そちらからも金属音が近づいてきた。無骨な格闘用ロボットが姿を現す。

前門の格闘用ロボット、後門の〈パスファインダー〉。

絶体絶命だ。

何か手はないのか……!?

焦りが灼を支配しかけたそのとき。

銃声が響き、格闘用ロボットの頭がかしいだ。

炯だ。

炯が拳銃を構え、格闘用ロボットの頭部に何発も銃弾を叩き込む。ロボットが炯に注意を向けた瞬間、控えていた入江がロボットに飛びかかった。

ロボットの背中を駆け上がり、頭を足で踏みつけにする。ロボットが完全にバランスを崩した。

さらに、後ろから駆けつけた狡噛が〈パスファインダー〉へと銃弾を放つ。〈パスファインダー〉が怯(ひる)んだ隙に狡噛が駆け寄り、鋭い蹴りを放った。それをかわす〈パスファインダー〉。

戦局は、一気に激しいものへと変化した。

警棒を構える狡噛に対し、ジャックドーがナイフを取り出す。

戦場で生きてきた二人の男が相まみえる。

突き出されたジャックドーのナイフを、狡噛は腕を掴んで止め、返す刀で警棒を振りかぶる。だが、ジャックドーとて歴戦の勇士、簡単には食らわない。

互いの武器がぶつかり合うだけでなく、ジャックドーの頭突きが炸裂し、狡噛も負けじと蹴り返す。ジャックドーがよろめき、肉薄していた二人の距離が離れた。

ジャックドーが憎々しげに狡噛を睨みつける。

「狡噛慎也」

だが、怨嗟の声だけを吐いて、ジャックドーは身を翻した。

「待て、死に損ない！」

逃げるジャックドーを、狡噛は追いかける。

一方、炯は入江、如月と共に、格闘用ロボットと対峙していた。

三人で並び、格闘用ロボットの頭部に銃弾を撃ち込んでいく。

しかし、よほど頑丈に作られているのか、ロボットは小揺るぎもしない。気にせず近づいてくるロボットに、入江が銃を下ろした。

「弾の無駄だぜ、監視官」

入江がロボットに跳び蹴りを仕掛けるのに合わせ、炯もスライディングぎみのローキックでロボットの足下を崩す。

ものの見事に転倒したロボットに入江が追撃をかける。如月もそれに続いた。

「炯！」

「灼！」

呼びかけられ、炯はザイルパートナーへと振り返った。話したいことは山ほどある。

だが、全てはここを乗り切ってからだ。

炯の気持ちを汲んだように、入江が炯に向かって叫んだ。

「あれは俺と如月に任せろ！」

「監視官は都知事の保護を！」

如月も炯の背中を押すように、そう言ってくれる。

「わかった、頼む！」

頼もしい二人の部下に場を任せ、炯は灼のもとへと駆けよった。

灼たち四人は、エレベーターの前まで走った。

追っ手が来ないことを確認し、そこで一息つく。

「すまなかった、灼」

出し抜けに炯にそう言われ、灼はあっけに取られた。

「え……？」

「今のうちに謝っておく」

ひさしぶりに会った炯は灼の知らないような顔をしていた。いや、逆によく知った顔に戻ったのかもしれない。一時期のひどくささくれた様子は、今の炯からは見えなかった。たぶん……炯にもいろいろあったのだ、自分のいないところで。

「その……」

何を言えばいいのか、一瞬、考えた。だけど、この場合、言うべきことは一つだな、とすぐに気づく。

「うん、あとで一発殴る」

「ああ」

正解だった。炯が微笑む。これで、仲直りだ。舞ちゃんを悲しませずにすむ。

二人だけのやりとりは一段落したとばかりに、炯が顔を引き締めた。

「まずはサーバールームだ」

だから、灼もやるべきことを提案する。

「俺は地下に行く。オワニーさんを保護しないと」

「お前一人でか？」

炯の声がやや心配そうな色を帯びた。気持ちはわかる。でも、手が足りない以上、灼が一人で行くしかない。

「梓澤は都知事とサーバールームに戦力を傾けた。今なら大丈夫なはず」

「だが、エレベーターは使えないぞ」

「ドアを開けてシャフトを降りる」

灼は斧を持ち上げて、軽く言った。いつものパルクールより、ちょっとばかり降りる距離が長いだけだ。

どうあっても灼がオワニーを助けに行くことを譲らないとわかったのか、炯が拳銃を灼に差し出した。

「わかった。これを持ってけ」

「それは炯が持ってて……代わりにそれを」

特殊警棒を指さす。

口にこそ出さないものの、オワニーよりカリナの方が優先順位は高い。カリナを守る炯にこそ、少しでもいい装備を持っていて欲しかった。

「気をつけろよ」

炯から特殊警棒を受け取る。唐之杜も支援を申し出てくれた。

「ダンゴムシも持っていく?」

「数が足らなくなります。サーバールームに入れば、通信を取り戻せますよね」

「もちろん。私を信じてちょうだい」

「なら、それを待ちます」

　灼は微笑み、頷いた。

　そして、絶対に動くことがないとわかっているエレベーター……副都知事たちが箱ごと落下したものの扉を選び、無理矢理こじ開ける。

　下を見つめる。地下駐車場までは百数十メートルはあるだろう。一歩間違えれば、自分もぐしゃぐしゃのバラバラだ。

　ずっと心配そうに灼を見つめていたカリナが、耐えきれなくなったように唇を開く。

「慎導監視官、必ず戻ってきて」

　そして、そっとガスマスクを灼に差し出してきた。

「私の警護役なんだから」

「はい、必ず」

　受け取って、約束する。戻ってきて、と言ってくれるカリナの信頼に応えたい、そう思う。彼女の命も色相も守るため、自分は行くのだから。

　ガスマスクを身につけ、シャフトへ降りていこうとする灼に、炯が声をかける。

「お互いのザイルを手放しはしない」

　それは、何よりの声援だった。

　この事件が始まって、ずっと離れていた。事件の前だって、炯とあんなにもすれ違ったのは初めてだった。そして、今から、また離ればなれになる。だけど……お互いがお互いのザイルを握っている限り、大丈夫だ。

その言葉がある限り、灼は闇に落ちていかない。

「ああ、二人を頼む」

灼はありったけの信頼を込めてザイルパートナーにそう返すと、深淵（しんえん）へと飛び込んだ。

灼がシャフトの闇に消えたのを確認し、炯は二人を振り返った。

「サーバールームへ急ごう」

唐之杜が苦い顔になる。

「その前に、狙撃をなんとかしないと……」

もっともだ。その対策を考えようとしたとき、炯のポケットでデバイスが震えた。代銀か、法斑か、それとも……まだ誰かいるのか。いずれにせよ、唐之杜とカリナに聞かせたい話にはならない。炯は二人から離れようとした。

「監視官？」

不思議そうに声をかける唐之杜にハンドサインを送る。唐之杜はそれだけで、不用意には踏み込んでこないだろう。ありがたい相手だ。

二人に会話が聞こえないよう、物陰に入り、炯はデバイスを耳に当てた。

すぐにいけすかない男……梓澤の声が聞こえてくる。

『どうも、新入りサーティーン。空港じゃ大変だったでしょ？』

空港のことを持ち出され、ぴんと来た。

「代銀はお前のご主人様か」

『持ちつ持たれつの関係だ。それはさておき、君が小宮カリナを処理すれば、他の人質は解放する。インスペクターとしての君の仕事だ』

命じるような口調だった。梓澤は、炯もまだ代銀の支配下にあると思っているのだろうか。だとしたら、とんだ勘違いだ。

「俺がそんなことをすると思っているのか？」

『いい返事をしないと、奥さんはまた隔離施設行きだ』

「脅しのつもりなら無駄だ」

舞子を隔離施設から出したのはおそらく法斑だ。で、ある以上、ここで代銀につかなくとも、即座に舞子の身に危険は及ばない。

代銀が勝つか、法斑が勝つか……。二人がどこか知らない場所で行っているゲーム盤の駒にされていることは、いささか癪(しゃく)だったが、この男と同じ陣営に置かれることを考えれば、法斑の側についたことはまだマシな選択だったと思える。

『選択の問題だよ。自分じゃ何一つ決められない都知事か、君と奥さんに自由を与えてくれる〈ビフロスト〉か』

だが、梓澤は炯が天秤にかけたものはカリナと自分たちだと思っているのか、的外れな二択を突きつけてきた。それは、響くことはなかったが——

『あんなお飾り政治家のために、相棒まで失う気かい？　彼、今、オワニーさんを助けに行ってるんでしょ？　何の罠もないと思う？』

灼のことを出されれば、わずかに炯の表情が揺らいだ。やはり、一人で行かせるべきではなかったのか。後悔が頭をもたげかける。

梓澤が実に軽薄な、演技がかった口調で追い打ちをかけてきた。

『大事な相棒を失った君を想像するだけで悲しくなる。涙が出そうだ』

しかし、そのおかげで、湧きかけていた不安は逆に消えた。こんな男に、灼は、自分のザイルパートナーはやられはしない。

「いいか。お前のふざけたゲームはすぐに終わる」

灼だけではない。自分も、こいつの好き勝手にさせる気はない。

「俺たちが終わらせる」

きっぱりと宣言し、通信を切る。

灼と炯。二人の手で、このふざけたゲームを終わらせるのだ。

如月と入江は職員用プールのプールサイドへと身を潜めていた。

誘い込まれたとも知らず、格闘用ロボットが入ってくるのをじっと待つ。

扉が開き、格闘用ロボットが室内に入ってくる。ロボットが辺りを見回し、二人の姿を探す。聞こえてくる金属音に、如月は身を硬くした。

入江の作戦が上手くいってくれればいいのだけれど……。

ロボットの足が止まった。

と、緊迫した状況には不似合いなかわいらしい音楽が流れ出した。オルゴールの奏でる、優しくメルヘンチックな音。

格闘用ロボットはそれに反応し、オルゴールの置かれている方へ近づいていく。

思惑通り、プールサイドに置かれたメリーゴーラウンド型のオルゴールの前でロボットは立ち止まった。背中ががら空きだ。

そのロボットめがけて、入江が駆け出す。

「どりゃあぁぁぁぁ！」

空中で一回転、打点の高いローリングソバットは見事にロボットを水中へと叩き落とした。勢い余って、入江ももろともに水中へと落下する。

浮かび上がってこようとする格闘用ロボットに入江がマウントを取り、何度も何度も殴りつける。そのたびにロボットは沈むが、簡単には停止せずにまた浮上する。

ロボットへの殴打と、繰り返される潜水と浮上に、焦れた入江が銃を取り出す。すっかり動きの鈍くなったロボットのセンサーに、銃口が突きつけられた。

「往生しろや！」

至近距離での連続発砲。

さすがの格闘用ロボットもひとたまりもなかった。その機能が停止し、鋼鉄の体はゆっくりと水中へ沈んでいく。

だが。

ショートした機械は電流を放ち、濡れた体を伝って、入江を感電させた。びくり、と入江が体を震わせ、ロボットの後を追うように水中へ倒れる。

沈んでいく入江を見て、如月の体が反射的に動いた。

往年の動きはできないが、入江一人を救うくらいはできる。

鮮やかな飛び込みから、如月は一気に入江のもとまで泳いで距離を詰めた。

背中から羽交い締めにするようにして入江の体を確保し、上を向かせて呼吸させながら、プールサイドへ向かって泳いでいく。

幸い、そこまでのダメージではなかったのか、入江の意識ははっきりしていた。

プールサイドまでたどり着くと、息を切らし、ぐったりと倒れ込んだものの、ロボットを睨んで悪態をつくくらいの元気があった。

「てこずらせやがって……」

全身ぐしょ濡れになりながら、そんなことを言う入江にほっとした。死ななくて、良かった。そこまで仲がいいとは言えないけど、この同僚が死ぬのは見たくない。

それにしても……よくあんな作戦が立てられたものだ。しかも、この男にはまったく似合わないものが勝利の鍵になった。疑問が自然と口をつく。

「なんでオルゴールなんか……」

「はぁ……違法改造の格闘用ロボットだからな。センサー類が弱いんだよ」

返ってきた答えは欲しいものとズレていた。こんな鈍感な男が、あんな可愛いオルゴールを持ち歩いてただなんて、やっぱりおかしい。

「そうじゃなくて。なんで持ってたの?」

「あー……」

入江の頬がさっと赤くなった。

「……明日、お前の誕生日だろうがよ」

赤面したまま、入江が気まずそうに目をそらす。如月はあっけにとられた後、笑いたくなった。潜在犯になった自分の誕生日を祝ってもらえるなんて。しかも、いつもいつもふざけてばかりのこんな男に。想像もしなかった。だけど……。

「最悪の誕生日ね」

口ではそう言いつつも、悪い気分じゃない。

如月は自分の口元に笑みが浮かんでくるのに気づいた。入江もそんな如月を見て、照れくさそうに笑う。

微笑み合う二人を、柔らかなオルゴールの音が包んでいた。


ドミネーター保管庫には、三つの死体が転がっていた。

保管庫の管理官と、二係の監視官と執行官。

無残な死体と床を汚す血に、霜月が眉をひそめる。

「ここがこの状態ってことは……」

霜月につき従う廿六木と雛河も惨状に顔をしかめた。

だが、じっくりと死体を検分している暇はない。霜月はさっさとドミネーターの保管庫へと足を進めた。扉を開ける。

内部はめちゃくちゃに荒らされていた。

「こりゃひでぇ」

「確かに、私が相手の立場ならそうするわ」

乱雑に引き出され、床にぶちまけられたドミネーターは破壊されている。

予想してしかるべきだった。こうなったら――

霜月が考えを巡らせようとすると……小畑の声が響いた。

『袋のネズミだ、バーカ。公安局最強の暴力装置を放っておくか。残念賞やるわ』

どうやら、霜月たちがここに来るのも敵の予測通りだったようだ。

おそらく、すぐここに追っ手が来るだろう。雛河がぼそりと呟(つぶや)く。

「敵の罠にはまった」

「どうする、課長」

廿六木に問いかけられ、霜月は考える。

「……………」

敵もバカではない。少なくとも、ここにあるドミネーターは使い物にならないだろう。

しかし――

「あれがバレてなければ……」

「ん？」

怪訝そうな廿六木と雛河に答えず、霜月は保管庫の奥へ走った。百聞は一見にしかず、だ。隠し倉庫にデバイスをかざす。

すぐに認証が行われ、壁の一部がせり出して、ドミネーターが現れた。

通常のものよりも、ずっと銃身が長い。いつものドミネーターがハンドガンだとするならば、こちらはショットガンだ。これが、霜月の秘密兵器だった。

ショットガン型ドミネーターを手に取り、霜月はにんまりと笑う。

「これよ、これ」

奥の手の一つや二つ、当然、隠しておくものだ。ドミネーターの保管庫を破壊されたくらいで、私の刑事課は止められない。

「国家権力舐めんなよ」

あいつらはこっちが罠にかかったと思っているだろう。いいだろう。売られた喧嘩は買ってやる。

公安局を舐めた報いを受けてもらおうじゃないの。

廿六木に手渡されたドミネーターが、聞き慣れた声でユーザー認証を始める。

**『携帯型心理診断・マルチ鎮圧執行システム・ドミネーターSG型プロトタイプ起動・ユーザー認証・廿六木天馬執行官』**

認証が終わるやいなや、廿六木は保管庫の扉を開けた。

廊下の向こうから、武装した脱走犯がぞろぞろとやってくる。

**『犯罪係数・オーバー一〇〇の対象を複数検知・対象を制圧してください』**

ドミネーターが読み取った犯罪係数が表示される。どいつもこいつも二〇〇オーバー。

脱走犯だから当たり前だが、まさに大漁だ。

廿六木は何の躊躇もなく引き金を引いた。

いつものドミネーターなら一条の光なのが、銃口からいくつもに分かれ、脱走犯ども
へ一気に襲いかかる。パラライザーに撃たれた脱走犯たちはなすすべもなく昏倒した。

「ひゃっはぁー！　すげぇぞ、これ！」

ちまちま一発ずつしか撃てなかった通常のドミネーターが嘘のようだ。こいつは気持
ちいい。テンション高く叫び、第二陣を迎え撃とうとした廿六木に、ドミネーターの冷
静な声が水をかけた。

『**冷却中・再試行までしばらくお待ちください**』

青だった銃身の光が赤くなり、使用不能を告げる。

「なんだよ、クソッ」

こいつが使えないのでは、丸腰も同然だ。廿六木は慌てて保管庫内に引っ込み、扉を
閉めた。

もう一度使えるようになるまでは、一時休憩だ。

雛河が興味津々の様子で、新型ドミネーターを見つめてくる。

「これって……」

「以前、私が提案したショットガン型ドミネーターの試作モデルよ」

「マジかよ」

　この若さで刑事課の課長なんてやってる以上、ただものじゃないと思ってはいたが、やはり霜月は一筋縄ではいかない女だ。改めて廿六木は霜月に感心する。

「危険すぎるって、局長がお蔵入りにしたけど……やっぱり役に立つじゃない」

　それには同意する。めったにないことだが、あのヘルメット暴動を始めとして、反シビュラ主義者たちの集会など、大勢をいっぺんに撃ちたいときはあるのだ。

　その一番の事例が、今である。

『**冷却終了・システムを再開**』

　銃身の光が青く染まり、再使用が可能になったことを告げた。これで、もう一度、あのクソ野郎どもを執行しまくれる。

「よっしゃ！」

　廿六木はドミネーターを強く握ると、霜月たちと共に反撃に打って出た。

　無事だったドミネーター搬送機に三人で飛び乗り、保管庫から飛び出す。保管庫の眼前まで迫っていた〈パスファインダー〉とロボットを撥ね飛ばし、そのまま廊下を曲がって逃走した。

　後ろから聞こえる銃弾の音も今は無視だ。

　刑事課の大進撃が始まった。

公安局を真正面に捉えられるビル。

その中に侵入した宜野座は、狙撃用ターレットを発見した。銃口をターレットへと向ける。……と、重く、人ではない足音が近づいてきて、はっと銃をそちらへ構えた。

格闘用ロボットだ。

「次から次へと、まったく……」

ここは日本だ。狡噛が転々としていた紛争地帯じゃないんだぞ。

内心、悪態をつきながら、宜野座は何度もロボットを撃つ。

銃弾が当たるたびにロボットはわずかに揺れるものの、壊れる様子はない。軍事仕様か、嫌になるほどタフなヤツだ。

接近戦の間合いに入られ、宜野座は銃を捨てた。

ロボットの腕から、仕込みナイフが飛び出てくる。

斬りかかってくる刃(やいば)を義手で受け止め、殴り返す。格闘用ロボットの斬撃と殴打をかわし、いなすと、隙をついてタックルをかけた。

だんっと肩に硬く重い衝撃が来る。ロボットからの肘(ひじ)打ちが何度も背中に入る。そのたびに肺に苦痛が抜け、息が止まりそうだった。

それでも、ロボットを離そうとしない宜野座に焦れたのか、ロボットは強引に宜野座を掴んで投げ捨てる。

床に叩きつけられて、痛みに息が詰まる。それでも、動きを止めるわけにはいかない。すぐに体勢を立て直し、間合いを取り直す。

このタイプのロボットとは、執行官時代に散々、スパーリングした。

殴りたい男がいた。そいつは、下手な格闘用ロボットよりもよほど強くて……そいつに思いっきり一撃くれてやるためにも、かつて自分が守れなかったもののためにも、鍛え直したのだ。そして、その願いは成就した。

こいつは、そいつより弱い。負けるわけがない。

ロボットが動くより速く、センサーに義手で一撃をくれてやる。ラグを起こしたその隙が勝機だ。

鋼鉄の手刀がロボットの喉元を貫く。

がくり、と膝をついたロボットの頭部に、とどめとばかりに鮮やかな回し蹴りを入れる。手刀で弱った首はそれで折れ、ロボットの頭は床に落ちた。

動かなくなったロボットを見て、宜野座は残心(ざんしん)をとく。

あとは狙撃用ターレットを処理するだけだ。

割れた窓から雪が吹き込んでいた。

炯たちは狙撃手への対応を考えあぐね、サーバールームを前にしながらも動けずにいた。おそらく狙撃位置は向かいのビルだ。手持ちのハンドガンではどうしようもない。フロアはずいぶんと冷え込んできていた。寒さに強い自分はともかく、唐之杜とカリナの体が冷えないか、心配だった。

頼みの綱は、公安局ビルの外から支援すると言っていた宜野座だ。彼が狙撃手が向かいのビルにいることに、気づいてくれれば――と思っていたところで、その宜野座から通信があった。

『イグナトフ監視官。狙撃タ―レットは今、無力化した』

「宜野座さん、感謝する」

いろいろと確執のあった相手だが、今は素直にそう言えた。どこまで、この同盟関係を続けられるかわからないが、今は頼もしい味方だと言えた。

そして、その頼もしい先輩がさらなる援護を告げる。

『もう一つ、役立つものを送った。先輩からのプレゼントだ』

宜野座が言い終えると同時に、窓の外にパパラッチドローンが現れた。割れた窓から中に入ってきたパパラッチドローンは、今、最も必要なものを床へと置いた。

「ドミネーター」

公安局最強の兵器。

手持ちの拳銃よりも、ずっと頼りになる武器だ。これさえあれば、大抵の相手は無力化できる。デコンポーザーを使えば、格闘用ロボットやドローンにてこずることもない。

炯は改めて宜野座に感謝しながら、ドミネーターを手に取った。


炯がドミネーターを手に入れたことを、小畑は把握していた。

さすがにアレはやっかいだ。

自分が撃たれることはないだろうが、脱走犯や〈パスファインダー〉たちにとっては脅威となるだろう。一応、梓澤にお伺いを立ててみる。

「どうする？　とうとうドミネーターが来た」

『どうもしないさ、予定通り進行するだけ』

予想通りの答えが返ってきた。確かにここまで来れば、ドミネーターの有無なんて、些細(ささい)なことでしかないかもしれない。なら、梓澤に任せる。

自分は、自分ができることをするだけだ。

廿六木がドミネーターの引き金を引く。

パラライザーの光に撃たれ、三人の脱走犯が昏倒した。

まったく、ショットガン型ドミネーター様々だ。とはいえ、一発撃てば冷却期間がいる。廿六木が壁に身を隠すと同時に、〈パスファインダー〉の攻撃が始まる。

格闘用ロボットを盾にされては、本命の〈パスファインダー〉を執行できない。雑魚の脱走犯をいくら倒そうとキリがなかった。廿六木はつい霜月に文句を言ってしまう。

「らちがあかねぇぞ。デコンポーザーねぇのかよ、これ」

「そんなもん使ったら、ビルごと消滅する！」

いらだちも露わに霜月が言い返し、通信を立ち上げた。そして、サーバールームに向かっているはずの唐之杜へと怒鳴る。

「早くエレベーター動かして！」

『もうちょっと待って』

向こうも向こうで手間取っているのか、唐之杜の返答がはかばかしくない。しかたない。こっちはこっちで踏ん張るとするか。

冷却期間の終わったドミネーターを手に、再び廿六木は戦場へ打って出た。

唐之杜はサーバールームの扉を開けると、中に踏み込んだ。

扉の前で廊下を警戒する炯を置いて、カリナと二人、コンソールへと向かっていく。

ここへ来るのに、大勢の人の手を借りた。今の仲間だけでなく、昔の縁も手助けしてくれた。

敵に先手をとられたとはいえ、いいようにしてやられたことに、分析官として忸怩たる思いはある。だが、それもここまでだ。

サーバールームは、私の戦場。これ以上、好き勝手はさせない。

「さあ、反撃開始」

ダンゴムシをサーバーに接続し、コンソールと向かい合う。

炯が唐之杜の背中越しに声をかけた。

「俺は外で見張る。急いでくれよ、志恩さん」

「任せて！」

短く答え、指を高速で動かす。

唐之杜志恩の戦いが始まった。


サーバールームに仕掛けていたアラートが鳴る。

唐之杜に反撃されたことに気づいた小畑は焦ることもなく、作業を切り替えた。他は放っておいてもいい。サーバールームとの支配権争いに集中する。

「ふーん、残念」

タバコくさいロートルババァになんて負ける気はしない。

梓澤、見てろよ。こっちは任せておけ。

サーバールームの前で待つ炯のもとに、入江と如月がやってきた。

こうして無事に駆けつけてきたということは、格闘用ロボットは排除できたのだろう。

困難を乗り越えた二人の部下を炯はねぎらう。

「怪我は？」

余計な心配だとばかりに、入江がにやっと笑って片手をあげる。

「あんなブリキ人形、楽勝だぜ」

「サーバーの回復は？」

それで報告は十分だろうと、如月が簡潔に問う。

「もうすぐだ。俺たちはこの通路を守るぞ」

「了解」

入江と如月が声を合わせ、頷く。

と、警報装置が作動し、サーバールームの扉が閉じていく。

「しまった！」

叫び、走るも、扉は炯の目の前で固くロックされた。

サーバールーム内。

突如、閉鎖されたドアに唐之杜は歯噛みした。カリナも呆然としている。

そんな二人を嘲笑うかのように、コンソールの上に赤い目のコミッサ・アバターが出現した。コミッサ・アバターが、梓澤の声で話し始める。

『よくたどり着いたねえ……しかし、残念。この部屋から出ることはできない。それ以上、コンソールに触れたら、三分後に有毒ガスが噴き出す。くれぐれも自殺行為はしないように。……忠告しておくよ』

言い終わると、コミッサ・アバターの顔がタイマーに切り替わった。三分の表示で止まっている。唐之杜がコンソールに触れれば、動き出すのだろう。

「ふぅ……」

唐之杜は小さく息を吐くと、ガスマスクを取り出した。カリナへと手渡そうとする。

「都知事、これを」

「待って。これは、あなたの……」

「あなたが敵の狙いなのよ」

受け取ることを拒否しようとするカリナの顔に、強引にガスマスクをつけてやる。

「チェスのキングを取られるわけにはいかないの」

「でも……」

「これが我々の仕事なの、小宮都知事」

カリナは今にも泣き出しそうだったが、唐之杜の言葉に顔を引き締めた。自分のような潜在犯を心配してくれるカリナを眩しく思う。ときに自身の選択に悩み揺れながらも、綺麗な色相で己の道を進む彼女の在り方は、かつて一係にいた監視官を思い出させた。

彼女のような子を守るために、唐之杜はここにいるのだと思える。シビュラの言う、『成しうる者が為すべきを為す』ということが、ようやく腑に落ちた気がした。

今、唐之杜以外に彼女を守り、救える人間はいない。

自分が為すべきことを……為さねばならない時が来たのだ。

タバコに火を点け、深く吸い込む。

メンソール混じりのニコチンが肺を満たし、頭がクリアになっていく。思い切り煙を吐き出せば、戦闘準備は完了だ。

「なめんなよ、犯罪者」

コンソールに触れたとたん、予想通りタイマーが動き出した。

「三分もあれば十分よ」

カリナを安心させるために、そう口にする。タイマーが刻むのは死のカウントダウンだとわかっているのに、唐之杜の心は不思議と凪いでいた。

「こういうの……本当は待ってたのかも」

「え？」

カリナがきょとん、とした顔になる。

そりゃそうだ。彼女にわかるわけがない。自分が……いつもどんな気持ちで、分析官ラボにこもっていたかなんて。

「いつも安全な場所にいて、サポートはするけど。誰かが傷つくのを見てるだけ」

いつだって、唐之杜は現場から離れた場所にいた。

佐々山(ささやま)がオブジェと化したあのときも。

縢(かがり)が死に、征陸(まさおか)が死に、宜野座が腕を失って、狡噛がいなくなったあのときも。

そして……朱(あかね)が去っていくことになったときも。

いつもいつも、唐之杜は孤独だった。孤独に、帰りを待っていた。

大切なパートナーである六合塚が事件へと出ていくたびに不安で、いつしかその不安にも慣れてしまった自分が嫌になった。六合塚が潜在犯でなくなり、執行官をやめたときはほっとした。

いつ、殉職した彼女を検死することになるかと怯(おび)える日々に終わりがきたことに、心底、安堵したのだ。

けれど、同時に唐之杜は未だ、公安局に囚われたままで——

監視官や執行官とは、壁を隔てた場所にいた。その壁を越えられることは、けしてないのだと思っていた。だけど——

「私も現場に行きたいって、心のどこかで思ってた」

「志恩さん……」

公安局ビルで事件が起き、自分と彼らの間にあった壁は強制的に破壊された。不謹慎なのはわかっているが、こうして鉄火場に立てたことが嬉しい。

ようやく、自分は彼らと……愛すべき愚かな刑事たちと同じ場所に立てた気がする。

そう思えば、もう何も怖くなかった。

手は止めず、しかし唐之杜の唇からは思いが溢れ出る。

「私の犯罪係数下がってるって話……そのとおりなの。だけど、いざ外の世界に出られるって思ったら、怖くなった」

カリナに聞いて欲しかった。

「ここでの生活に慣れすぎた、ただの臆病者なの、私」

懺悔にも似た告白を。

「でも今、ここでみんなを助けられたらさ、変われる気がする」

そして、生まれた決意を。

「堂々と外に出て、普通においしいものを食べに行って……好きな人と街を歩いたりしたい」

六合塚と行きたい場所は、たくさんある。食べに行きたいものだって。ホログラムじしまった彼女が遠く感じられて、外へ出るのが怖くて、なかなか言い出せなかった。でも、次に会ったら、絶対に伝える。これからも、あなたと生きたいのだと。

「これを乗り切ったら、違う人生を……」

伝えたら、六合塚はなんて言うだろうか。笑って、くれるだろうか。

唐之杜しか知らない彼女の笑顔が、脳裏に浮かぶ。

だが、幸せな空想を断ち切るように、タイマーが無情に終わりを告げた。噴き出してくるガスにカリナが悲鳴を漏らす。

「ぁ……」

それでも唐之杜は手を止めない。ガスが鼻の高さまで上がってきた。刺激臭が気管を焼き、唐之杜は激しく咳き込んだ。カリナが唐之杜に駆けより、その体を支える。

「志恩さん！」

室内のガス濃度がどんどん上昇する。だが……さっき、最後の作業は終えた。唐之杜は祈るような思いで、モニターを見つめる。

ひどく長い数秒が過ぎて……空気清浄機が作動した。ガスが吸い込まれ、サーバールーム内の空気が浄化されていく。

「間に合った……」

呟いたところで、全身から力が抜けた。立っていることができず、まだガスの滞留している床に倒れこんでしまう。咳き込んだときに血を吐いたのか、口の中に鉄の味がする。もう、指一本動かせない。

「志恩さん⁉ 志恩さん‼」

カリナの必死な叫び声を聞きながら——唐之杜は意識を手放した。

サーバールームの扉が開いた。

同時に、炯たちは室内に飛び込もうとする。

その目に飛び込んできたのは、ガスマスクをつけ、唐之杜を背負いひきずるようにして歩くカリナの姿だった。

唐之杜はぐったりとし、意識がないように見える。炯は思わず呼びかけた。

「分析官⁉」

「来ないで！ 私が運びます」

サーバールームに罠があったのか。カリナが鋭く答え、そのまま唐之杜を背負って歩き出す。

炯たちは彼女がサーバールームの外へと出るのを、ただ待つしかなかった。

霜月たちは二十階のエレベーターホールの前に仮陣地を作っていた。

バリケードを作り、その中に立てこもる。これからのことを考えても、エレベーターだけは、死守しなければならなかった。

次々に押し寄せる脱走犯たちに、廿六木がドミネーターを発射する。

まったくどれだけの潜在犯を収監していたのか。だから、さっさと矯正施設に移送してしまえば良かったのだ。

また、ドミネーターの銃身が赤く染まる。しかし、機械音声が告げたのは冷却ではなかった。

**『エネルギー残量ゼロ・バッテリー交換・または充電ドックにセットしてください』**

ドミネーターから光が消え、完全に沈黙する。

「クソッ」

廿六木が悪態をつき、バリケードの内側に戻ってきた。

格闘用ロボットを盾に、ヴィクスンが迫ってくる。

そのとき、エレベーターの扉が開いた。安堵よりも、『遅い！』という怒りの方が先に立ちそうになる。

「やっと来た」

急いでエレベーターへと駆け込む。敵の罠だとは思わなかった。唐之杜が任せてと言ったのだ。少し遅かったけれど、これくらいはやってくれると信じている。

フロアから銃撃の音が響いてくる。

閉じ始めたエレベーターの扉の隙間からヴィクスンの顔が見えた。間一髪、扉が閉まると同時に、扉に銃撃が浴びせられた音がする。

上昇し始めたエレベーターの中で、廿六木が安堵の息をもらした。

「助かった……」

霜月はすぐにサーバールームへ向かった炯に通信を入れた。

「監視官、コントロールを奪取したのね」

『はい。ですが、まだ完全ではありません。それと……』

画面に映る炯の顔は苦しげだった。完全ではない？

『唐之杜分析官が意識不明の重体です』

どういうことだ、と聞き返す前に報告されたことに、霜月は目を見開いた。

「へっ？」

信じたくなかった。六合塚に続いて、唐之杜までだなんて――

雛河もショックが大きいようで、呆然とした顔になる。

「そんな……」

頭の中がぐちゃぐちゃになりそうだ。計算が狂う。それに……霜月はまだ、六合塚のことを唐之杜に伝えられていない。あの混乱の中で、唐之杜の気持ちをこれ以上乱すわけにはいかなかった。だけど、だけど——

唐之杜まで、意識不明の重体になるなんて。合わせる顔がない。

崩れそうになる膝を、霜月は意地で支えた。ダメだ。ここで折れるわけにはいかない。自分は刑事課の課長なのだから。

今、やるべきは刑事課に喧嘩を売った馬鹿野郎どもに、目に物見せてやることだ。

ショックを怒りに変えて、霜月は天井を睨みつけた。

炯はデバイスの医療モードを立ち上げた。

如月の膝を枕に、床に寝かせられた唐之杜に向け、スキャンする。唐之杜は鼻と口から血を流し、目覚めることはなかったが、かすかに息をしていた。デバイスのスキャン結果も、呼吸が正常であることをすぐに示す。

ひとまず、急を要する容態でなかったことに、炯は安心した。

「大丈夫だ。息はある」

その場の全員が安堵の表情を見せた。とはいえ、このまま放置していいわけでもない。

炯は執行官たちに指示を出した。

「入江と如月、分析官を医務室へ運んでくれ」

如月が心配そうな目を炯に向ける。

「監視官は？」

「サーバールームと都知事を守る」

敵の潜伏するビル内を移動する執行官たちのために、炯はドミネーターを手渡そうとした。

「ドミネーターを一丁渡す」

「私たちは大丈夫です。……そうよね、入江？」

「ああ、これで十分」

二人の執行官はそれを断り、入江が拳銃を握って見せてくる。

「一丁は監視官が、もう一丁は課長か慎導監視官に渡してくれ」

「わかった、すまない」

上司だから、監視官だから……というのではなく、自分たちの身を案じてくれているのを感じて、炯は二人に頭を下げた。最初に出会った日にはこんな日が来るとは思わなかった。今では部下というだけでなく、信頼できる仲間だと思える。

その仲間に唐之杜を託す。入江が唐之杜を背負い、ぐったりとした体へ声をかけた。

「志恩さん、もう少しの辛抱だ。必ず助けるからよ」

歩き出す入江を如月が追う。遠ざかっていく三人の背中を炯は見つめていた。

信頼できる仲間。

そう思ってしまったが故に、ポケットに入れているインスペクター用デバイスの存在を重く感じた。

法斑静火。

彼の命令に従うことは、もしかしたら、最終的には仲間たちを裏切ることになるのかもしれない。しかし、彼は梓澤の主人である代銀とは敵対している。

だとしたら、彼の狙いは……？

「どうしました？」

つい、カリナを見つめてしまっていたらしい。カリナが不思議そうに炯を見上げる。

「いや……なんでもない」

ごまかしの言葉を口にして、炯はドミネーターを拾った。

願わくば、この銃を手にする資格を失いたくはない。

灼、どうか俺のザイルを握っていてくれ。

唐之杜決死の反撃に、小畑は頭を抱えていた。

「うぅ～～～～っっ!!」

なんだ、なんなんだ、あのロートルのババァは。髪をぐしゃぐしゃにかきむしり、小畑はしょんぼりと肩を落とす。

「ごめん、梓澤」

さすがに謝罪するしかなかった。

「コントロールを三分の一くらい取り返された」

怒るだろうか。そう思ったのに、梓澤の声はいつもの優しい……空っぽな、中身のない優しいものだった。

『完全に奪い返されても、対応できてたよ』

その言葉は、事実なのだろう。

『大丈夫、小畑ちゃんは頑張ってる。三分の二、守り切ったんなら上出来さ』

そして、続けられたそれが慰めでないことくらい、わかっている。結局のところ……別に梓澤は小畑のことだって、頼りにしちゃいないのだ。いくらでも替えがきくとまでは言わないが、道具という点では脱走犯たちと変わりはしない。

それでもいい、と梓澤につくのを選んだのは自分だった。

だが、道具にも道具の矜持(きょうじ)ってものがある。梓澤に何もかも一人でやらせはしない。勝利の美酒は二人で味わうのだ。酒なんて飲むやつの気がしれないけど。

「てめえの……そういうところ、マジでムカつく!」

奪われたコントロールを再び取り戻すため、小畑は猛然とキーボードを叩き始めた。

エレベーターは七十階で止まった。

待っていた炯のハンドサインに誘導され、霜月たちは走る。

カリナの顔を見た瞬間、脱力しそうになった。まだ、だめだ。カリナを保護した、ここからが本番だ。

それでも、霜月は喜びを抑えることはできなかった。

「都知事、ご無事で」

「皆さんのおかげです」

ここまでに無数のトラブルがあったのだろう。カリナの美しい顔は青ざめていた。それでも、凜とした姿勢を崩さず、そう言えるカリナを好ましいと思う。守る価値のある女性だ。

廿六木の持つショットガン型ドミネーターに、炯が怪訝な顔をした。

「ん？　なんだ、それは？」

「話せば長くなる」

廿六木が適当な答えを返し、電源切れのドミネーターを担いだ。確かに。今は、それを説明している時間がない。

霜月はドミネーターの話はしないことにして、この場にいない唐之杜たちの様子を尋ねることにした。

「分析官は？」

「入江と如月が医務室へ運びました」

なら、一安心だ。しかし、しばらく復帰はできない。なら、次の最善の一手を打つ。

「雛河、志恩さんの代わりを頼むわ。……できるわね？」

「はい、行きます」

雛河はすぐに頷き、サーバールームへ走った。あの分なら大丈夫だ。うじうじしたところにいらだつこともあるが、雛河の能力は認めている。

廿六木がショットガン型ドミネーターを担いだまま、進言してきた。

「俺はあの小僧を守る。充電もできるかもしれんしな」

許可も聞かず走っていったが、止めはしなかった。問題ない。

炯がドミネーターを取り出した。

「ドミネーターは二丁あります」

どうやって手に入れたのかはわからないが、重畳だ。これで一気に戦略の幅が広がる。

「一丁はアン・オワニーの救出に向かった灼に送りたいのですが」

霜月はサーバールームに向かった雛河に通信を入れた。

「雛河、ダンゴムシを使える？」

すぐに返事がくる。

『先生のおかげでかなりの数、ダンゴムシを取り返しました。これでドミネーターを運べます』

「やってちょうだい」

灼への援護はこれでいい。真っ先に人質になって、面倒をかけてくれたのだ。ここで踏ん張って、失点を取り戻してもらう。

そうなると、後は——

「問題は都知事の安全確保ね。ここは危険過ぎる」

少し考え込んでから、炯が提案してきた。

「局長室はどうでしょう？　敵も予想外なはず」

確かに局長はすでにいない。ターゲットを始末し終えたあとのＶＩＰルームにわざわざ戦力を割く可能性は少ないだろう。なかなかいいことを言うじゃないか。

「なるほど。この状況下ではベストかも。じゃあ、あなたが都知事を連れていって」

「課長は？」

「ここを守る」

霜月は背後のサーバールームを指さした。

「課長の私がいれば、いい囮になるでしょ」

「では課長がドミネーターを」

ドミネーターを差し出してこようとする烔を押しとどめ、霜月は彼のベルトから拳銃を抜き取った。

「私はこれで」

まっすぐに不器用な部下の目を見つめる。さんざん手を焼かせてくれた面倒なヤツだが、実力は信用している。まったく一係というのは、昔も今もくせ者ばかりだ。けれど……だからこそ、こんな状況でも頼りになる。

「現時点でドミネーターを持ったあなた以上に強い戦力はいない。必ず都知事を守りなさい」

カリナを取られれば、この勝負は負けだ。勝負所を間違えるなと命令に込める。

「了解」

短く答え、烔がカリナを連れて走り出す。

頼んだわよ、声に出さずにそう言って、霜月はサーバールームの前に陣取った。

灼は暗い闇の中を降りていく。

まるで、不思議の国のアリスにでもなった気分だった。追いかけているのは兎ではなくて、狐だけれど。

と、デバイスが光り、通信が入った。雛河だ。

『監視官』

「通信を取り戻したんだ」

さすがは唐之杜だ。これで、安心してオワニーを助けに行ける。

『ダンゴムシでドミネーターを送りました。時間はかかりますが……』

だが、なぜ雛河が通信を送ってきたのかは疑問だった。もしや——

「あの……志恩さんは？」

雛河が訥々（とつとつ）と唐之杜の容態を告げる。

「意識不明の重体……」

『自分が作業を引き継いでいます』

唐之杜は入江と如月が医務室へ連れていっているという。命に別状はない。なら、これ以上の心配は、今、自分がするべきことではない。灼は息を吸い、メンタルを整えると、雛河に進捗状況を報告する。

「わかりました。こちらは引き続き、オワニーさんのもとへ向かいます！」

そして、再び穴の奥へと飛び込んだ。

灼とは逆に、炯とカリナは非常階段を上へ進んでいた。

警戒を緩めずに進む炯の胸元で、インスペクターデバイスが着信を告げる。

静火から、メッセージが来ていた。

『応答願う』

カリナがすぐそばにいるというのに……だが返事をしないことで、どんな不利益が生まれるかわからなかった。

『何の用だ』

後ろにいるカリナに悟られないよう、手短に返す。

『都知事は人工知能マカリナのブラックボックスを常時持ち歩いている。その中身をこちらに送信しろ』

静火からの命令は不可解なものだった。

なぜ、そんなものを欲しがるのか、見当がつかない。梓澤……ひいてはその上にいる代銀に対する切り札にでもなるのか。

どう返事をしたものか考えあぐねていると、カリナがおずおずと話しかけてきた。

「あの……」

何かあったか、と炯はカリナに目を向ける。

「あなたが私の護衛から外された件、それと奥さんのことも聞いています」

舞子のことを持ち出され、心がざわついた。

何を言っても皮肉になりそうで、炯は答えずに先に進んだ。静火への返答を入力する。

『なぜ？』

カリナも炯についてきていたが、もの言いたげな視線を炯に向けているであろうことはわかった。

非常階段から出て、局長室のあるフロアへと侵入する。内部の安全を確認してから、カリナへと振り返った。

「どうして今、そんな話を？」

「私を守るなんて……あなたにとって苦痛では……」

灼に比べ、信頼されていないことはわかっていた。だが、今の状況で言われることでもない。また、ささくれ始めた心に追い打ちをかけるように、静火からのメッセージが届く。

『きみが知る必要はない』

所詮、俺は道具ということか。

この国に来てから、嫌なことばかりだ。舞子も自分も、こんな状況を夢見て日本へ来たわけではない。

つい、カリナへの口調がとげとげしいものになった。

「俺があなたや仲間を裏切るとでも?」

「誤解です。そうは思っていません」

それがどこまで本心なのか、わからない。

炯は、灼ほどカリナに好意は持っていない。彼女の政策に思うところはあるし、護衛の件で灼と仲違(なかたが)いしたことへのわだかまりも消えてはいない。

しかし……どれだけ、気持ちがささくれだとうとも、炯の心は闇に落ちはしない。灼。

彼の顔を思い浮かべれば、今、自分がやるべきことが見えてくる。

「俺たちが入国者だとか、護衛の件だとか、そんなこと、どうでもいい」

心の底からそう言って、炯は静火への返信を打つ。考えろ。灼のように。敵の狙いと、動きを読め。……俺は、猟犬なのだから。

『この状況でどうやって?』

『それを考えるのがきみの仕事だ』

具体的な指示がないのは、逆にありがたかった。これで、マカリナのブラックボックスをどうするにせよ、実行するまでには時間ができる。

それまでに……梓澤と代銀、そして静火の思惑を少しでも考える。

局長室の前までついた。

扉は、あっさりと開く。

中に入る前に、炯はカリナへと向き直った。

今、自分が守らなければならない女に、自分の信念を伝えるために。

「俺は刑事として、犯罪者が笑って逃げ切る結末だけは絶対に許したくないだけだ」

炯の言葉にカリナがはっとし、その瞳に強く決意の色が浮かんだ。

「私も同じ考えです」

その目に嘘はない。今は、それでいい。

カリナを守る理由は、それで十分だった。

「暗い穴を落ちていくみたいだ……」
まだ先も見通せない暗闇を覗(のぞ)きこみ、灼はそう呟いた。
深淵を覗くとき、深淵もまたこちらを覗いているのだ。
古い哲学者の言葉を思い出す。
さっきは不思議の国のアリスの気分だったが、本当にこの先は現実ではないどこかに
つながっているような気さえしてきた。
前にも、こんなことがあった気がする。
長い長い階段を降りていく。どこまでも深く、潜っていく。

地下へ、地下へ、ワンダーランドへ。

不意に、視界が歪み、見たことのないはずの景色がフラッシュバックした。

機械で組み上げられた、荘厳な神殿のような廊下。そこを灼は進んでいく。誰かに手を引かれ……光で満ちた部屋へ、連れていかれる。

視界にはノイズがかかり、はっきりとは見えない。

部屋の中に入る。

光に、満たされた部屋。不思議な臭い。いくつもの箱が浮かび上がって、動いていく。

箱の中身は見えない。あの中には……何が入っていた？　希望か？　絶望か？

灼が精神的ボーダーラインを越えるときノイズが、雨になる。

、、、、、
雨が降っている。雨が降っている。

雨が降り続く中……手を引いていた男が、灼を見下ろす。

その男の顔は――

慎導篤志。

灼の父だった。

「うっ……」

フラッシュバックから戻った瞬間、灼の左腕が強い幻肢痛に襲われた。

痛みに片腕が麻痺し、シャフトを落下する。危ういところでパイプを掴むものの、疲労した握力では保たず、灼はそのまま落下した。

「いって……」

したたかに尻餅をつき、顔をしかめる。まずい、と思ったが、もう地下付近まで来ていたようだ。落下したのは数メートル程度だろう。これなら、尻に青痣ができる程度ですんでそうだ。じんじん痛むのはしかたがない。

灼は立ち上がると、周囲を確認した。

足下にあるのは、ぐしゃぐしゃになったエレベーターだ。床に広がる血だまりと、カリナたちから聞いた話を総合して、何があったかを理解した。人の命をゲームの駒としか思っていない梓澤に、改めて怒りが湧いてくる。

中で犠牲になったであろう人々を踏みつけにしてしまったことを心でわびて、彼らの冥福を祈った。

黙禱を終え、灼は力任せにエレベーターの扉をこじ開け、地下駐車場に出る。

そこには、映像で見た通り、ガスが充満していた。

斧を抱え、車の陰に隠れながら、オワニーを探す。

硬質な足音に顔を上げれば、すぐそばを格闘用ロボットが通りかかるのが見えた。しゃがんで、身を隠す。

格闘用ロボットが通り過ぎたのを確認し、車の中をのぞき込めば、オワニーと目が合った。

オワニーが灼を見て、大きく叫ぶ。

「助けて!!」

その悲鳴に格闘用ロボットが反応した。

人外の速度で駆け戻ったロボットに、灼は蹴り飛ばされる。とっさに転がって受け身はとったものの、蹴られた腹はずきずきと痛んだ。

あれ相手に斧は無駄だ。灼は斧を投げ捨てると、特殊警棒を構えた。

突っ込んでくるロボットに対し、そのまま飛びかかる。身軽な灼ならではの動きで、ロボットの頭に飛びついた。そのまま、警棒をセンサーに打ち込もうとするも、怪力で灼の体ごと投げ捨てられる。

ダメだ。炯でもあるまいし、白兵戦で敵う相手じゃない。

灼は身を翻すと、距離をとるべく走り出した。ロボットが追ってくる。

走る——走る。駐車している車を乗り越え、直線で進む灼をロボットも追う。しかし、鈍重な巨体では灼のように車を飛び越えるのは無理なのか、振り上げた拳で乱暴に車を破壊した。手間取った分だけ、灼は先に進んでいる。

お得意のパルクールで、車からトレーラーに飛び移り、天井の鉄骨にぶら下がる。追いついてきたロボットが、灼にパンチを浴びせかけようとするが、体を揺らして、どうにかかわす。

落下の際にできた打ち身や、蹴られた腹が痛む。あちこちがきしむ。しかし、ここで力を抜いて落ちてしまえば、おしまいだ。

踏ん張る灼だったが、ロボットに足を摑まれた。

車に向かって投げつけられる。フロントガラスに罅が入るほど、強く叩きつけられ、息が止まる。それでも、追撃をかけようとするロボットの頭を摑み、背中を踏みつけて、ヤツの背後へと飛び越えた。

灼を殴ろうとしていた格闘用ロボットは、勢い余って拳をボンネットにめりこませ、抜けなくなっている。

今がチャンスだ。だが、灼には決め手がない。今はいいが、あの拳が抜けたら、今度こそ危ない。だけど、そろそろ――

灼の期待に応えるように、ダクトの蓋が落ちてきた。

そこから顔を出したダンゴムシたちが、ドミネーターを降ろす。

最強の銃が灼の手に届いた。

灼はドミネーターの銃口を拳を抜こうともがく格闘用ロボットへ向けた。

**『対象の脅威判定が更新されました』**

ドミネーターが変形する。人間以外のあらゆる脅威を排除する、最終形態に。

『**執行モード・デストロイ・デコンポーザー**』

抜けないと理解した腕を、格闘用ロボットがパージする。片腕でロボットが振り向いたのと、灼が引き金を引いたのは同時だった。

『**対象を完全排除します**』

破壊の光がロボットの体に大きな穴を穿ち、鋼鉄の体を引き裂く。格闘用ロボットは、上下に体を分かたれ、倒れた。

「はぁ……危機一髪」

このまま座り込んでしまいたいところだったが、そうもいかなかった。むしろ、本番はここからだ。灼はオワニーのもとに駆けつけた。

「もう大丈夫！　怪我はありませんか？」

「大丈夫です！」

窓越しにオワニーが答える。声ははっきりしていて、危害を加えられた様子はなかった。灼は助手席にガスマスクがあることに気づくと、アンに指示する。

「そのガスマスクを着けてください！」

「はい」

ガスマスクを着け、オワニーが車から降りてきた。灼はカリナの代わりに、オワニーに彼女の気持ちを伝える。

「都知事が、あなたを心配しています」

「カリナが……」

すぐにカリナにも知らせないと。灼はデバイスを立ち上げた。


『オワニーさんを助けました』

灼からの通信に、炯はすぐさま通信画面をカリナへ向けた。

向こうも同じことを考えたのか、アンが映り、感動の再会が始まる。

『カリナ……』

「アン……私……本当に、ごめんなさい。あなたを危険な目に巻き込んで……」

涙ぐむカリナを見ていたら、先ほどカリナに感じていた苛立ちが少し和らいだ。

『バカね、私は何があろうとカリナの味方よ。今までもこれからも、ずっとあなたを支えるって言ったでしょ』

「アン……」

少なくとも、元秘書とのやりとりを見ていれば、カリナ自身に入国者に対する悪感情はないだろうことは、さすがに理解できた。おそらく、政党の問題もあり、カリナ自身、いろいろと上手くいかないことを抱えているのだろう。

静火からの不可解な指示も重なって、意地と八つ当たりだけで、ああ言ったことを少し後悔した。

とはいえ、今さら謝ることでもない。

ここから、彼女を守ることで挽回していくだけだ。

そして……自分より先にその結論にたどり着いていただろう、ザイルパートナーをねぎらった。

「よくやったな」

『約束したからね、都知事と』

信頼に応える男の顔が、そこにあった。

伝えるべきことは伝えた。

炯との通信を切り、灼は改めて周囲を見渡した。つけ慣れないガスマスクが気になるのか、オワニーが手でズレを調整している。

それを見ているうちに、何かがひっかかった。

「ん……？」

オワニーがいた車の助手席にはガスマスクがあった。

「あ……間違えれば死。だけど、その逆も……」

つまり、それを着ければ一人での脱出も可能ではあったわけだ。

「そうか」

ぶつぶつと独り言を言い始めた灼に、オワニーが怪訝な顔をする。

「どうしました？」

「オワニーさん、この車にはどうやって？」

「気がつくと、ここに……。逃げようにも、外にはガスが充満してるし、あのロボットがいるしで……。ただ、ガスマスクが車内にあったので、隙をうかがっていたんですが……でも、怖くて……」

オワニーの怯えた様子に嘘はなかった。オワニーに戦闘能力はない。ロボットに襲われれば、ひとたまりもなかっただろう。逃げなかったのはある意味、正解なわけだ。

だが……ずっと人質として恐怖にさらされていた、オワニーの色相はどうなっているのか。正確な判定はできないが、多少の濁りは出ているだろう。

「逃げられる手段を用意して、閉じ込めた。選択次第では一人でも助かっていた」

梓澤の好みの手口だ。だとするならば――

「炯。一つ試したいことがある」

階段を上がり、灼はオワニーを連れて、一階エントランスホールへとやってきた。

そこには、一般職員たちを閉じ込めるために噴霧されたガスが充満している。

ホールの中程で立ち止まると、灼は雛河に通信を入れた。

「雛河さん、これは安全な回線ですよね」

『はい、間違いなく』

霜月が二人の通信に割り込んでくる。

『何？　なんの話？』

いい機会だ、と、灼はみんなにまとめて説明することにした。

「いいですか。館内に充満しているガスはブラフです。人質は、ガスでは死なない」

炯が眉をひそめる。

『何だと？』

雛河が早口にガスの危険性を指摘した。

『ちょっと待ってください。唐之杜先生はガスでやられたんですよ』

灼は、梓澤という男の性質を考えながら、ゆっくりと考えを口にする。

「あれはブラフがバレないためのブラフだ。梓澤は人が選択を間違えたら、死ぬよう仕向ける。だけど、そもそも人を殺す気はないんです」

それが、梓澤という男の矛盾であり、本質だ。だから、灼は賭けに出ることにした。

「今から俺が、証明します」

ガスマスクに手をかける。霜月が慌てた。

『ちょっと！　バカな真似はやめなさい！』

だが、炯はさすがに灼のことをわかっているのか、止めはしなかった。

『わかった。見せてくれ』

『この、二人とも……！』

「やります」

柳眉を逆立てる霜月に後で怒られるだろうな、と思いつつ、灼はガスマスクを外した。

大きく、深呼吸する。

「少し臭うけど……」

癖のある臭いはする。好ましくはない。だが……体に異変はなかった。咳き込むような刺激臭もなく、目や皮膚への影響もない。

「大丈夫！」

『はぁ……』

霜月と雛河、そして廿六木までもが揃ってため息をついた。平気そうなのは炯だけだ。信頼の証だろう。

霜月が呆れた顔になる。

『まさか、ここまでのブラフをかましてくるとは……』

「見破ったことがバレたら、一般職員へ直接的手段に出る恐れがあります」

梓澤はガスで人質を殺す気などなかった。ただ、毒ガスと暴動の恐怖に怯えながら色相を濁らせるか、思い切って外に飛び出すかの選択を与えただけだ。

だから、一般職員のいるフロアには、ほとんど脱走犯たちを呼び込まなかったのだろう。彼らが一般職員と出くわしてしまえば、発生するのは暴力と直接的な死だからだ。

しかし、一般職員が外に出ることを選べば、脱走犯と出くわして、ジ・エンド。

梓澤の考えることは、そんなところだろう。

そして……そのもくろみがバレたとわかったら、悠長にそのゲームを続けてくれる保証はなかった。

『じゃあ、私は引き続き、梓澤と交渉するふりをすればいいわけね？』

「はい、その間に梓澤を確保します」

今度こそ、終わりにする。

決意を込めて、灼は霜月にそう答えた。

会議室の梓澤は、進行を見守りながら、霜月に通信を入れた。

「かなり頑張るねぇ。想像以上だよ」

『そう？　あなたの想像力が貧困なんじゃない？』

「ずいぶん、余裕があるじゃないか」

　もう少し焦りを露わにするかと思ったが……向こうにとって、何かいいことでもあったのか。誤魔化したがっているようだが、あの課長はまだまだ若い。慎導篤志の教えを受けた身なら、十分に読めた。なら、あまり会話を引き延ばすのは得策じゃない。

「とにかく、都知事の辞任宣言の収録、さっさとやってね」

『あっ、ちょっと……』

　言いたいことだけ言って、さっさと通信を切った。灼が救出されたことだけではなさそうだ。いや、灼が自由になった以上、自分の手は読まれやすくなっている。そう、考えるとおそらく……。

「ガスのブラフ、バレたな」

　あの余裕はそういうことだろう。……それは、あまりおもしろくない。すでに出来上がった進行に手を加えるのは好まないが、多少のてこ入れが必要そうだった。

　さっき切ったばかりだが、もう一度、霜月に通信を入れる。

「課長さん、そして刑事課の皆さん」

『聞いてるわ』

「ずいぶん余計なことをやったねぇ。これじゃ、大勢が危ない目に遭う」

　暗にゲームに変更が加わったことを匂わせる。

『ちょっと待って。私たちが何を……』

時間稼ぎには付き合わない。梓澤はさっさと用件を告げた。

「都知事をここに連れてくるのがイヤなら、公安局で彼女を執行するんだ」

『それは……殺せってこと？』

直截的な女だ。灼と違い、まだ自分のやり方を理解していないらしい。

「そんなこと言ってない。俺は試してるだけ。都知事の命と、大勢の人質の命を天秤にかけて、シビュラ的な判断を下してほしい」

これで、霜月たちはドミネーターを向けるだろうか。そこはどちらでも構わない。ただ、ドミネーターを向けられたカリナの色相がどうなってるかは、少しだけ興味があった。これでも、メンタル美人を貫けたとしたら、なかなかのものだ。

ついでに、もう一人、発破をかけておくことにする。彼もいつまでも迷っていないで、陣営を決めるときだ。インスペクターとして、為すべきことを為してもらおう。

「あ……イグナトフ監視官」

『なんだ？』

「〈パスファインダー〉。あいつら、頭おかしいからね。みんな、殺されちゃうよ」

『貴様！』

すぐに激昂する。あれじゃ、長生きはしないなと思うが、インスペクターもずいぶん減った。公安局で動いているのは、自分と彼だけだ。さっさと決めてもらおう。

「決断は早い方がいいよ。……たぶん」

それだけで伝わるだろう。

てこ入れを終えた梓澤は通信を切り、改めてゲームの行く末を見守ることにした。


灼は一階非常口の扉を開けると、オワニーをそこに案内した。

「オワニーさんは、ここに隠れていて。エレベーターが動き出した今、この公安局内では逆に安全な場所です」

「ええ……はい」

「一応、ガスマスクは外さないで」

もうオワニーが狙われることはないと思うが、万一ということもある。オワニーが頷いたのを確認して、灼は扉を閉めた。

さあ、改めて——狩りの時間だ。


局長室。

炯は、先ほどの梓澤の言葉について、考えていた。

とってつけたような自分への伝言が気になる。考え込む炯をカリナが見上げた。

「どうしたの？　監視官」

「何か……引っかかったんだ」

その何かは形にならない。だが、梓澤と自分しか知らない……つまり、インスペクターとしてのものに、大きく関わっている気がする。

「梓澤が焦って、大きなミスをしたような……」

それが、勝利の鍵となりそうだった。

だが、考えがまとまるより先に、雛河から連絡が来た。

『監視官。〈パスファインダー〉とロボットがそちらに向かっています』

「何？　見つかったのか？」

『そんなはずは……高層階一帯の監視カメラは、こちらが掌握してますから』

「変だ。目的もなく、来るはずがない」

低層階を探し終わるには早すぎる。だいたい、公安局ビルは八十八階まであるのだ。何の手がかりもなしに、一人の人間をすぐに見つけだせるとは思えなかった。

霜月からも追って指示が来る。

『とにかく二人は局長室に立てこもって。システムを取り戻した今なら、簡単には扉は開かない』

霜月と一緒にいる廿六木の声も、デバイス越しに聞こえてきた。

『向こうの要求のむのは論外として、どうやって時間を稼ぐ気です？』

『要求を逆手に取りましょう。私たちの誰かが都知事を殺したことにし……相手にその確認をさせた上で奇襲をかける』

『天才か！　それでいこうぜ！』

霜月の発案に、炯の中でいろんなものが繋がった。

「それだ」

少なくとも炯は、その発案を上手くいかせることのできる鍵の存在を知っている。そして、その作戦のためならば鍵を手に入れることも可能だろう。……手に入れた鍵は、本来、別のことで頼まれていたものだが、それはまた後だ。

炯は作戦を煮詰めるため、考えを霜月たちに話し始めた。

「梓澤は当然、そのことも考えている。死体を確認するために接触する瞬間が、向こうの弱点になる」

雛河が納得した、と頷いた。

『確かに……通信や映像だけでは、確かめようがありませんね』

「こちらに敵が向かっているのもおかしい。都知事の位置がバレるのが早すぎる」

『もしかして、都知事に発信機でもつけてんじゃねぇか？』

廿六木の意見はもっともだった。

カリナがすぐに持ち物をテーブルに並べていく。コンパクトに、リップ二本、シュシュや、ハンカチ……。

「これは？」

リップのうち、真新しい方を炯は手に取った。もう片方と違って、使いこんだ感じがない。なんとなく、それがひっかかった。

「慎導くんからのプレゼントです。このリップをもらって、それでお返しに香水を……」

「女の子にプレゼント？」

信じがたいことを聞いた。怪しすぎる。

「あいつらしくないな」

「え？」

きょとんとするカリナを横に、炯はさっさと灼に通信を入れる。

「灼？」

『どうしたの？』

朴念仁（ぼくねんじん）の相棒はすぐに出てくれた。リップを見せ、尋ねてみる。

「お前、都知事にプレゼントしたか？」

『え……プレゼント？』

「ふう……またあとで話す」

通信を切る。案の定だ。灼が女の子にプレゼントを贈るだなんて、槍が降ってもありえない。それも、リップなんて洒落たものならなおさらだ。百歩譲って、不思議な形のアフリカの木彫り人形とかなら、わからなくもないが。

だったら、この口紅の贈り主は限られてくる。

「口紅……梓澤からのものかも」

「え？」

炯の口にした可能性に、カリナが顔色を変えた。気づかなかったとはいえ、黒幕からのプレゼントを身につけていたなんて、嫌だろう。さすがに同情する。事件が解決したら、灼に進言して、改めて口紅をプレゼントさせた方がいいか。いや、さすがにそれはお節介が過ぎるというものか。

そんなことを考えながらも、炯は口紅をデバイスでスキャンする。

「検査を抜け、都知事が身につけたところで、生体モニターをオンにした」

そして、そのデータを雛河へと送信した。

「雛河執行官、これを精密分析に」

『了解です。すぐに』

雛河の返事を受け、炯はカリナに向き直った。

ここからが正念場だ。

「都知事」

「はい」

「敵の裏をかくのに、あなたの人工知能がいる。ブラックボックスはありますか？」

「マスターデータへの、アクセスキーのことですか？」

「はい」

正確な情報は知らない。だが、カリナがそう言うのならば、霜月たちと相談した奇襲作戦に、マカリナの力は必要だった。

もっとも、それだけならカリナに事情を話し、マカリナを操作してもらうのでも良かった。しかし、静火のことがある以上、ブラックボックスを手に入れるチャンスを逃すべきではない。

どう転ぶにせよ、使える手札をできるだけ増やしておく必要があった。

カリナが自分を信じて、渡してくれるかは賭けだったが――カリナはペンダントを外し、炯へと差し出そうとして――

「予備はありません」

ぎゅっと握りしめたまま、うつむいた。

「お借りします」

そう促すと、カリナが必死な面持ちで炯を見上げた。

「マカリナは、私にとって大事な存在です」

わかっている。彼女にとって、もう一人の自分のようなものだ。オワニーとはまた違った意味で、大切な存在なのだろう。自分にとっての、灼や舞子のように。

だから、誠意を込めて、炯はカリナを見返した。

「大丈夫。必ず返します」

どんな結論を出すとしても、灼と……そして、灼が信じる彼女を裏切ることはすまい。

そう強く思った。

その思いは通じたのか……カリナが炯の掌にペンダントを置く。

炯は、優しくそれを握った。


マカリナのブラックボックスを手に入れた炯は、霜月に連絡した。

「課長、俺はここで敵を迎え撃ちます」

『今なら、サーバールームは雛河一人で大丈夫。私と廿六木執行官も上に行きます。挟み撃ちにしましょう』

『了解』

頼もしい返答だ。

マカリナを使った作戦に、自分と霜月、廿六木の三人で〈パスファインダー〉を迎え撃つ。

そうしている間に、灼が梓澤の足跡を見つけてくれるだろう。


雪はいつのまにか、雨に変わっていた。

須郷を病院に送り届けた花城は、公安局へと向かっていた。公安局ビルは封鎖されたままらしいが、すぐ近くに宜野座がいる。

合流すれば、詳しい状況もわかるだろう。

……と、唐突に梓澤から通信が入った。今まで、姿を見せようともしなかった男の登場に、花城は顔色一つ変えず、応対する。

『前置きはなしでいこう、外務省さん。……取引だ』

なかなか、おもしろい話になりそうだった。


オワニーは保護した。

他のみんなはいない。

今、広いエントランスホールには、灼一人だ。

非常灯だけに照らされたホールは薄暗く、静かで……潜るにはぴったりだった。

ようやくここまで来られた。

最初は〈狐〉の影でしかなかった梓澤廣一という男に、ようやく触れられる。

覚悟を決めた灼は、炯へと連絡を入れた。

「炯、今から梓澤をトレースしてみる」

『わかった。……ザイルを離すなよ』

「ああ、けして離さない」

約束する。

それは、メンタルトレースをするための大切な条件だ。

自分は炯と繋がるザイルを手放さない。

闇に……深淵に落ちたりはしない。

必ず帰ってくると、ザイルパートナーに誓う。

通信を切り、大きく深呼吸をすると――灼はキーワードを口にした。

「雨が――降っている」

ノイズが……雨音が聞こえ始める。

メンタルトレースが始まり、目の前の景色がぼやけ——

どこか、知らない場所が見えた。

ほとんどが、真っ黒な雨に覆い尽くされている。川岸なのか。橋が見える。目の前に立っていた男が、ゆっくりと振り返った。……梓澤だ。

梓澤が、じっと、もの言いたげな目で自分を見つめている。

その顔は、真摯で……真剣で……何かを決意した顔だった。

灼の意識が、その瞳に吸い込まれる。吸い込まれる。

風景が、変わった。

これは……都内の高速道路だ。車内から、大きなビルを見上げている。

あの巨大なビルは……ノナタワーだ。

車の中で、灼は目を開ける。見えたのは、後部座席から運転席に座る男の背中だった。

その背中には見覚えがある。

「父さん……」

父が運転しながら、携帯デバイスをダッシュボードに置いた。そこから、灼の知るものより、ずっと若い梓澤の声が聞こえてくる。

『どうもです、慎導さん』

「廣一くんか、遅れて悪いな」

『もしかして、お子さんとご一緒ですか？』

「いや、私一人だよ」

父が、嘘をついた。

助手席にはもう一人いる。……幼い頃の灼が。

そこで、灼は気づいた。これは……梓澤の記憶ではない。

（俺の記憶……）

それも、今まで忘れていたはずの。梓澤のメンタルトレースを行った結果、これが掘り起こされたことには、なんの意味があるのだろうか。

（梓澤が求めるものと何の関係が？）

疑問の答えは出ないまま、車はノナタワーへと進んでいく。

そして……その最奥で、停車した。

深い、深い、穴の底で。

エレベーターシャフトでも幻視した廊下を、父が幼い灼の手を引いて歩いていく。

……と、父が振り返った。見えていないはずなのに、まるでメンタルトレースをしている現在の灼に話しかけるように、父の鋭い目が灼を捉える。

「お前を守るには、これしかない」

どういう意味だとは、聞けなかった。

また……場面が切り替わる。


何度も見た部屋だ。

光に満ちた、不思議な箱の動く部屋。

そのただ中に、父が静かにたたずんでいる。

「お前の記憶を封印する」

父がそう宣言した。

箱にかかっていたはずの黒いもやが、一瞬だけ薄れる。

中に入っていたのは……人間の脳。そんなものが、なぜ、ここに。見えない全ての箱にも、同じものが入っているのだろうか。

箱にはまた黒いもやがかかって、もう一度、中身を確かめることはできそうもなかった。父が……じっと灼を、幼い灼のことも、今の灼のことも見つめてくる。

「彼らはそこに、みんな静かに立っている」

幼い灼は、意味もわからないまま、彼らを見上げた。

「ぐっしょりと雨に濡れて」

父の声が、雨音のように灼の心に染み入っていく。

「いつまでもひとつところに、彼らは静かに集まっている」

父が灼に古いラジオを手渡した。メンタルトレースの際に使用しているラジオだ。いつもらったのか思い出せなかったけれど、このときだったのか。

「もしも百年が、この一瞬の間に経ったとしても」

幼い灼が父に抱きしめられていた。父の顔は辛そうで、何か、とてもしたくない決断をしたことはわかった。まるで、今生(こんじょう)の別れのような。

父は、すでに自分が死ぬことを予見しているようだった。

「なんの不思議もないだろう」

怯える幼い灼を抱きしめ、言い聞かせるように、なだめるように父は繰り返す。

「雨が降っている」

やまない雨のように。

「雨が降っている」

いつまでも続く雨のように。

「雨は蕭々(しょうしょう)と降っている」

雨は、今も、灼の中に降り続けている。

雨の中、景色は切り替わっていく。

灼自身の記憶を、ゆっくりと遡っていくように。

灼は、灼の中へと奥深く潜っていく。


あの日も、窓の外では雨が降っていた。

父が死んで、しばらく経って……灼が真実を見つけ出すことを誓った日。

灼と、まだ髪を染めていなかった頃の炯が、薄暗いリビングに座っていた。灼の家だ。父と……そして、幼い頃に亡くした母と暮らしていた。そこに炯と二人でいた。

炯が自分の横顔をじっと見つめているのを感じながら、灼はしたたり落ちる雨粒のように、ぽつり、ぽつりとつぶやく。

「車で寝れば、父さんにメンタルトレースできると思ってたのに……何も見えない」

「いいこととは思えない」

炯の言葉は咎めるものではなく、心配する響きを帯びていた。親友という言葉では到底、言いあらわしきれない、唯一無二のザイルパートナーの言いたいことはわかる。けれど、灼にも譲れないものがあった。

「忘れたくないんだ」

忘れたくなかった。父の遺してくれたものを。そして……父が守ろうとしていた全てを。父が、灼から奪われてしまったということを。

そのためなら、どこまでも深く潜ってみせる。

深淵のような、闇の最奥までも。

一人、飛び込もうとする灼を、炯の声が呼び止めた。

「灼、俺もいるんだ」

忘れるな、と炯の声が告げる。

「俺たち二人でやろう」

灼が闇に潜るとき、ザイルとなる炯の声が灼を繋ぎ止める。

「真実を突き止めよう」

共に行くと言ってくれたその声に、灼は救われた。不安定なまま、潜って、沈んでいきそうだったものが、確固たる形をとる。

「俺は刑事になる」

それが、決意の形だった。

さらに灼は潜っていく。

雨音は、まだやまない。

見ている過去の日も、また、雨だった。

かつて、そこに立っていたときと同じように、灼は父の乗っている車を見下ろす。サイドウィンドウには、弾痕が一つ。運転席で、父が眠るように座っていた。だが、眠っているのでないことを灼は知っている。

父は――自殺したのだ。

最初に、父の遺体を発見したのは、灼だった。

だが、どうしても父が自殺するとは思えなくて……、そして父の死の真相をどれほど調べようとしても、そこから遠ざけられて……灼は気づいたのだ。

この世界には、どこまでも深い闇があるのだと。

知るためには、潜るしかないのだと。

雨の中を。やまない雨の中を。涙を、雨に隠しながら。

深く、もっと深く――


時計の針は逆回転し続け、再会の景色を映し出す。

空港の到着ロビーで、灼は炯と舞子を待っていた。

故郷で軍役についていたと聞いている。無事に、再び日本へやってきてくれて、また一緒に過ごせるのだと聞いたときは、嬉しかった。

しかし――

「舞ちゃん……？」

歩いてきた舞子の姿に、灼は呆然となった。

いつも理知的な光を湛えていた彼女の瞳はどこか茫洋としていて、その焦点が結ばれることはなかった。右手に持った白杖に、灼は彼女が失ったものを悟る。

炯は何も言わず、支えることはなく、だが寄り添うように舞子の隣に立っていた。一緒に遊んでいた頃より、大人び、いかめしげになった顔に、炯も灼が触れられないところで、何かを失ってきたのだとわかった。

二人に……とくに舞子に何を言うべきか見失って、絶句する灼に舞子はかつてと変わらない、柔らかな笑みを浮かべた。

「また、会えたね……あっちゃん」


潜っていくのか、沈んでいくのか。

だんだん、わからなくなっていく。

雨のノイズが激しくなる。――ここは、いつの出来事だったか。

灼は数名の学生に囲まれ、その中の一人に馬乗りになられて、殴られていた。

ああ、長崎のインターナショナルスクールに通っていたときの記憶だ。殴られる灼を、みんなが嘲笑っている。

「おい、気持ち悪いんだよ、お前」

色相がクリアであることは、この世界で評価される。メンタル美人は、最高の褒め言葉だ。しかし……同時に何があっても、色相が曇らない人間に嫉妬する輩もいる。灼の級友たちはそういう種類の人間だった。

些細なことで一喜一憂し、色相を変化させる級友たちの中で、曇らない灼は異端児だった。人間は……いや、動物は群れの中で自分たちと違うものを差別する。灼が気味悪がられ、遠ざけられるのはある種、当然で……その結果が、この日の暴行事件だった。

だが、色相は曇らなくとも、殴られれば痛い。

いつ終わるともしれない暴行に灼がうんざりし始めた頃……急に、拳が止まった。

灼は腫れ上がった顔に、安堵の笑みを浮かべる。

炯が、そこにいた。

「やめろ」

ヒーローのように現れた炯が、灼を見下ろす。

そして——手を差し伸べてくれた。命綱の、ように。

潜る。もっと深く。潜っている。

大丈夫。

あのとき、炯が差し出してくれた手の感触を灼は忘れていない。

だから……まだ、沈んではいない。懐かしい記憶の中に溺れてはいない。

それでも……かつて、父の背を追っていた水の中の記憶は、灼を強く引き込んだ。今の灼が溶けていき、幼い頃の灼をトレースし始める。

酸素ボンベを背負い、ダイビングスーツでプールに潜っていた父が上がってきた。プールサイドで、幼い灼と父は並んで座る。

父が静かに問いかけた。

「灼は潜るのが好きか？」

「うん……たぶん」

あの頃は、まだ父の問いの意味がよくわかっていなかった。ただ、それが水に潜ることだけを指しているのではないとは、ぼんやり気づいていた。

「アンテザードにはなるなよ」

父が、強く灼に釘を刺す。

「アンテ……ザード？」

「命綱なしで潜るダイバーのことだ」

耳慣れない言葉に聞き返した灼に、父はシンプルに答えた。

「お前はけして孤独を選んではいけない。必ず誰かに命綱を握ってもらいなさい」

そして、灼にとって生涯大切に握りしめて、離すべきでないことを伝えてくれた。灼を見つめる父の瞳はどこまでも優しくて、愛情に満ちていて……灼は笑って頷いた。

「わかったよ、父さん」

だから、けして一人にはならない。この先、もっと深くへ潜ったとしても。

必ず——命綱を握って、帰ってみせる。


記憶の井戸は、ずいぶん深くまで掘られていた。

まだ、底は見えない。

灼は逃げる兎を追うアリスのように、どんどん先へ進んでいく。記憶の深い部分へ、潜っていく。

慎導家のリビングで、炯と二人遊んでいたときだった。

父が……新たな友人を連れてきたのは。

「舞子・マイヤ・ストロンスカヤです」

髪を二つに結った少女が、まっすぐな瞳で灼たちを見つめていた。名前と、薄い色の瞳から、彼女も炯と同じなのだとすぐにわかった。

父が、灼たちに優しく告げる。

「今日から、しばらく一緒に住むことになる。仲良くできるな？」

灼と炯は、突然の闖入者にしばらくあっけにとられていたが、先に灼が立ち上がった。

「うん！」

元気よく頷いて、舞子に歩み寄った。炯は……思うところがあったのか、少し複雑そうな顔で舞子を見ていた。

「舞子ちゃんは、炯くんと同じ国の出身だ。話し相手になってあげてほしい」

「あ……はい」

それでも、灼の父に諭されれば、炯も立ち上がり、灼に並んだ。

こうして……三人は友達になったのだ。

雨は、まだ降りやまない。

灼は、母を見つめていた。

病院のベッドの上、母の顔は蠟のように白く、唇にも色がない。消毒薬の匂いと、死の匂いが病室に薄く漂っていた。

母は先天性の難病だった。医療の発展した、この時代ですら治療は不可能で……最後は安楽死を選んだ。そして、灼は母の死に立ち会ったのだ。

その瞳が閉じられ、永遠に息絶えるのを、そばで見守った。

最期まで別れを惜しんで……そして、見送った。

悲しかった。寂しかった。会えなくなることは辛かった。

……そのはず、だった。

数日後。

父が医師に呼び出されていた。待合室で一人、ぽつん、と待つ灼に話し合う二人の声が聞こえてくる。

「本当に奥様の死に立ち会ったんですか？」

「何か問題が？」

「言いにくいのですが……こんなケースは初めてで……」

「どういうことです？」

「通常、一時的に色相が曇り、やがて回復するものですが……」

医師の声は終始、懐疑的だった。こんなことがあってはいけない。そう思い続けているようだった。

「息子さんの場合、色相そのものにまったく変化がないんです」

パンドラの箱が開いたとしたら、きっとそのときだったのだと思う。

さらにそこから数日が経って、灼は車に乗せられていた。

運転しているのは父だ。そして、助手席には見知らぬ壮年の男が乗っていた。

法斑劫一郎。父の友人とも、仕事の相手ともつかない、そんな男だった。

劫一郎が手元のデバイスで、灼のデータを確認しながら唸る。

「うーん、免罪体質者か」

「オフライン検査をした結果、全て該当しました」

「シビュラに見つかるのも、時間の問題だ」

「ご協力、ありがとうございます。コングレスマンのあなたにしか頼めなかった」

二人のしている話が、このときの灼にはまるでわからなかった。いや、今もわからない。免罪体質者。灼を指している、この言葉はいったいどういう意味があるのか。

そして、コングレスマン。梓澤が言っていた。父は、コングレスマンになることを目指していたのだと。それはいったい……何者なのだろう。

わからないまま、車は進んでいく。

ああ、この道は……ノナタワーへ続く道だ。

たどり着いた部屋は、何度かトレースで見たものだった。

以前、かかっていた黒いもやは全て晴れ、部屋の中があまさず見える。

広い空間。床は光るブロックが敷き詰められている。そのブロックが、まるでパズルのように浮かび上がり、移動し、組み替えられていた。

ブロックの中に収められているのは……脳だ。人間の、脳だ。

劫一郎が、父と灼に忠告する。

「私から離れないように」

父が灼を見下ろした。

「灼、これが〈シビュラシステム〉だ」

真実が宣告される。

「この世界の真実だ」

この箱たちが、この脳たちが、世界を支配し、裁定する〈シビュラシステム〉なのだと、父が言う。幼い灼はすぐに飲み込めず、ただ呆然と稼働する脳たちを見ていた。

恐怖はなかった。ただ、あまりにも目の前の光景はおぞましく、そして同時に荘厳で、灼は立ちつくすことしかできなかった。

そんな灼に、父がさらなる真実を伝える。

「お前には、あれになる資格がある」

あれに？　自分の脳も取り出されて、あの箱の中に収められてしまうというのだろうか。そうなったら、自分はいったい、どうなってしまうのだろう？

「ただし、人ではなくなり、父さんとはもう暮らせない」

人ではなくなる、という意味は理解しきれなかった。ただ、父と暮らせない。そのことに反応して、灼は頑是無い恐怖を父にぶつけた。

「イヤだ……イヤだよ、父さん」

怖くなった。目の前のモノが、急に怖くなって……逃げ出したかった。なのに、体は動かなくて、幼い灼はただただ震えていた。


ここが、記憶の底だ。

そう理解したとき、灼は幼い自分と父や劫一郎を俯瞰している自分に気づいた。

忘れていた……いや、父が灼に忘れさせていたこと。

それは――

「俺は見たんだ。〈シビュラシステム〉を……」

世界の真実を、知ってしまったということを意味した。

〈シビュラシステム〉のただ中に立つ父が、灼を見つめる。

その目は……ありえないことに、幼い灼ではなく、今の灼を見ていた。まるで、灼がいつか、メンタルトレースでここにたどり着くことをわかっていたかのように。父の真剣なまなざしは灼へと向いていた。

「どうか一人の人間として、慎導灼として生きてくれ」

父が手を伸ばす。その手が灼の頰に触れた。かさついた、しかし温かな手。灼を何度も抱きしめ、頭を撫でてくれた、忘れられない父の体温だった。

流れていない涙を拭うように、父の指がそっと灼の頰を撫で……消えていく。


そして、次に隣に立ったのは梓澤だった。

「梓澤」

思わず、灼はつぶやく。

梓澤も、この光景を見たことがあるのだろうか。いや、もし、梓澤が世界の真実を見ていたのならば、あんなやり方はしない。

だとしたら、梓澤の望みは——


井戸の底が抜けた。

まずい、沈む。溺れる。

「潜りすぎた……」

命綱はつけているつもりだった。けれど……そのロープが途切れてしまったかもしれないほど、灼は深く潜りすぎた。

自分でも忘れていた記憶の闇は深すぎて、掘り起こした荷物の重さとあいまって、灼の意識はそのまま沈んでいきそうになる。

アンテザードにはなるなよ。

父の言葉を思い出す。

うん、父さん、わかってるよ。必ず命綱を握って帰る、と誓ってみせた。でも、ここはずいぶん深いんだ。帰れるだろうか。不安になる。自分はちゃんと手の中に、命綱を残せているのだろうか——

そのとき。

「灼……」

声が、聞こえた。

「灼！」

灼の手に、ザイルの感触が蘇る。

かすかに見える光に向かって、手を伸ばす。

その手を……誰かが強く摑んだ。

「灼！」

炯はデバイス越しに、灼へ強く呼びかけた。

メンタルトレースを始めて、ずいぶん経つ。そろそろ呼び戻さなければ、危険だった。無理矢理にでも引き戻す、と、トレースを終わらせるキーワードを叫ぶ。

「雨はやんだ！」

少しの間があって、憔悴(しょうすい)しきった灼の声が聞こえてきた。

『命綱だ……』

当たり前だ、と怒鳴りつけたくなる。自分は灼のザイルパートナーなのだ。灼が独り言のようにささやく。

『孤独を選んじゃいけない』

それは、かつて灼の父である篤志が二人に言ったことだった。一度は、舞子のこともあって、孤独を選ぼうとした。けれど、やはり灼を信じ、戻ってきて正解だった。今はそう思える。灼も、同じ気持ちなのか——

『お前の命綱は、絶対に離さないよ、炯』

信頼のこもった言葉に、ようやく灼が戻ってきたことを確信する。炯の口元に安堵の笑みが浮かんだ。

意識こそ取り戻したものの、灼は床に倒れ込んでいた。頭も、体も重い。

そんな灼を心配して、炯が声をかけてくる。

『大丈夫か、灼？』

「炯」

灼は天井を見上げながら、自分を呼び戻してくれた相棒に告げた。

「梓澤のゲームの終わらせ方が……わかったよ」


須郷を病院へ搬送し、花城は公安局へ向かっていた。

途中、通信が入る。

それは……今、刑事課と共同で追っているはずの男からだった。

取引を申し出る梓澤を花城はにべもなく切って捨てる。

「我々は犯罪者と取引はしない」

『犯罪者かどうかを決めるのは、シビュラだろう』

だが、梓澤は引き下がらなかった。

『俺は、あんたらが欲しいネタを山ほど持ってる』

「必死ね」

『とてもいい取引だよ。簡単なことさ、脱出の手伝いをしてほしい』

「不可能よ」

聞く価値もない、と短く答える。とはいえ、せっかく敵からコンタクトをとってきたのだ。できるだけ情報を引き出そうと、通信は切らずにおく。

『俺は直接、誰かを傷つけたことがない善良な市民さ』

予想通り、梓澤はべらべらとしゃべり出した。

『それに、あんたらの本命は俺じゃないだろ』

「聞く限り、たいした相手じゃなさそう」

どこまで、こっちの狙いを読んでいるのか。本命は梓澤の上にいる者のはずだが……彼はそれを売り渡す腹づもりがあるらしい。ずる賢い〈狐〉らしいやり方だ。

もっとも、それも罠である可能性も否定できないが。

『〈ビフロスト〉だけじゃない。海外に残る〈ピースブレイカー〉の残党、その情報を全て渡す』

あっさりと梓澤は〈ビフロスト〉の名を出してきた。おそらく公安局の連中は、まだ摑めていないであろう、最重要機密。本気か?

花城は梓澤が立て板に水とばかり話すのに任せた。

『彼らが存在する限り、再び国内テロが起きる。行動課のしてきた全てが無駄になるだろう』

花城は天秤を傾ける。今、重要なのは何か。為すべきことは何か。その天秤に、梓澤がもう一つ、重しを乗せた。

『それに、あなたが復讐したい相手のはずだ』

「逃亡先の希望は？」

いいだろう。そっちがその気なら、乗ってやる。

ただし……梓澤の思い通りになるとは限らないが。


深すぎるメンタルトレースの疲労は、なかなか抜けなかった。

灼はぐったりとエントランスの階段に腰掛けながら、デバイスを見つめている。と、サーバールームで復旧作業に勤しんでいる雛河から通信が入った。

『課長、監視官。……梓澤が外部の誰かに連絡をとっています。内容は聞き取れません』

すぐに霜月が苛立ち混じりの声を上げる。

『外部？　仲間が外にいるの？』

灼はメンタルトレースから得た情報を、高速で処理しつつ、梓澤の通信相手を予測した。真実を得た後の梓澤がどうするのか——

「相手は……おそらく外務省です」

『どういうこと？』

梓澤は自分の望みを叶えるために、絶対に公安局に捕まるわけにはいかない。もっとも、真実を得た後も彼が外務省に頼ることはないと思うが……保険だろう。自分のことであっても、梓澤は選択肢を一つだけにすることはない。

灼は崩れそうな体に力を込めて、霜月へ、そして仲間たちへ言い切った。

「そっちは……任せてください」

『大丈夫か、灼？』

軽く咳き込む灼を、炯が心配してくれる。だけど、まだここで倒れることはできない。無害とはいえ、ガスを吸いすぎないよう袖で口を覆いながら、回復までの時間を計算する。大丈夫、間に合わせる。

「平気。少し休めば……」

炯が引き上げてくれた、この心と体を使って、今度こそ梓澤を仕留めてみせる。

炯はマカリナのブラックボックスデータを静火へ転送した。

このデータを彼に渡すことは、最後まで迷っていた。

だが……灼の言葉が炯の背中を押した。

おそらく、まだ話せることが少ないのだろう。灼は梓澤のゲームの終わらせ方について、多くを語ることはなかったが……それでも推測できることはあった。

このデータを静火に渡すことは、梓澤を利することではない。

梓澤は……ひいては梓澤の行動で何らかの利を得ようとする代銀は、静火と敵対している。そして、これは静火が彼らに勝利するために必要なのだろう。

その勝利が、将来的に何をもたらすのかはわからないが……短期的な視野だけで見れば、こちらに利があるはずだ。静火に、そこで炯をはめる意図はない。第一、その気があれば、もっと早くにそうしているだろう。

だから、炯は仲間たちに知られれば裏切りと言われるかもしれない行為に手を染めた。

今、勝つために。

今日を生きねば、明日はないのだ。

それは故郷の戦場で、数多(あまた)のものを亡くした炯にとっては、身近な感覚だった。

データをコピーし転送し終えた、マカリナのペンダントを持って、炯はカリナへと向き直る。

「助かりました。お返しします」

カリナはそっとそれを受け取ると、切なげな瞳でペンダントを見つめた。

「役に立てて、良かった」

彼女にとって、それはもう一人の自分であり、かけがえのない友だ。それを自分に託してくれたことに改めて感謝するし、己の行動が良き結果を生むことを切実に願う。

ペンダントを胸元に抱え込んで、カリナが炯を見上げた。

「慎導くん、無事なんですか？」

さっきの通信を思い出し、答える。疲れてはいたものの、声には強い意志があった。

ああなった灼は強い。炯はそれをよく知っている。

「へばってはいるが、大丈夫」

カリナが安心した表情になったところで、インスペクターデバイスに着信があった。

カリナに背を向け、確認する。静火からメッセージが入っていた。

『我々の勝利だ。生き残れ』

「我々？」

炯のことも含んだような言葉に首をひねる。多少、こちらに何か利があるだろう……

くらいは考えていたが、はっきり『我々の勝利』とまで言われるとは思わなかった。や
はり、あの男が何を考えているかはわからない。

と、部屋の外から破壊音が聞こえた。

何者かが、局長室の扉を壊そうとしている。重く響く金属音。おそらくは戦闘用ロボ
ットだ。そして、きっと〈パスファインダー〉も共にいる。

炯はドミネーターを構え、カリナへと叫んだ。

「都知事、隠れて！」

「はい！」

カリナが即座に、部屋の奥へ走っていく。

〈ビフロスト〉。

ゲーム盤を挟み、静火は代銀に相対する。

勝利のピースは揃いつつある。あとは揃うまでの時間をいかに稼ぐかだった。

静火は、ゲーム中のなにげないおしゃべりを装って、今回のゲームにおける、代銀の勝利条件を口にする。

「都知事が死ぬこと。……それが、新たなシビュラの盲点を生むのですね」

代銀は梓澤を使って、終始一貫して、それを狙っていた。

シビュラの盲点。

それは、ここにある〈ビフロスト〉と〈ラウンドロビン〉が存続するため……ひいては、静火たちコングレスマンが利益を得るゲームを続けるために必要なことだった。

ルールの中で競うのではなく、ルールの穴を突き、バグを利用して荒稼ぎする。言ってみれば、コングレスマンたちはゲームにおけるチーターだ。バグが修正されれば、新たなバグを見つけ、あるいは作り出し、連綿と勝てる盤面を作り続けてきた。

代銀は静火の言葉を、若造の青い挑発ととったか、否定することなく微笑む。

「小宮カリナの当選と死が両方必要だった」

「リレーションの真意は……」

今回のゲームで生み出される、新たなシビュラの盲点とは。

「マカリナ」

「そうだ」

人が作り出した人ならざる存在。小宮カリナのサポートAIに過ぎなかった、出来のよいからくり人形。だが、それをシビュラは――

「重要なのは都知事の死後もマカリナが存在することだ」

それは、カリナの死後もマカリナのデータが残る、という意味ではない。

「シビュラはカリナとマカリナを二人と認識した」

マカリナを使用したカリナを、シビュラは都知事だと認めた。マカリナはカリナの道具ではなく、『都知事としての仕事を任せうるカリナのスタッフ』として認識した、と言ってもいい。

「我々が開発させたAIをな」

「非実在的市民……というわけですか」

戸籍もなく、人と人から生まれたわけでもない、人ではない意思を持った新たなる市民。今はマカリナしかいないが、いずれ別のAIも市民だと認識されるかもしれない。

しかし……シビュラは彼らを市民と認識しても、彼らの存在をそもそも前提として作られたシステムではない。

新たな人間ともいえるＡＩたちへの対応は、シビュラに新たなバグを発生させる種子となりうるだろう。また、そのバグの修正は容易なことではないはずだ。

そして、それが――神の富に至る、新たな虹の橋となる。

静火はマカリナのデータが転送されるのを待ちながら、代銀との会話を続けた。代銀も若者相手に話すのは楽しいのか、饒舌(じょうぜつ)になっている。

「それが新たな虹の橋となり、進化するシビュラに対抗するための……」

だが、そこで代銀が言葉を切った。いぶかしげな顔になる。

「やけにしゃべるじゃないか？　君らしくもない」

自分も少々焦りが出ていたのかもしれない。確かに、こんなにも彼と話すことなんてなかった。最後だと思えばこそ……というのもあるかもしれない。

百戦錬磨の老人が、鋭い目で静火を射た。

「何を企(たくら)んでいる？」

同時に、ようやく静火は武器を手に入れた。

勝利へと続く、強大な武器を。

破壊されたヘリポートの直下階。

警告を示す赤い光に照らされたフロアに銃声が響く。

対峙するのは、かつての猟犬と血に飢えた狼だった。

狡噛慎也とジャックドー。

戦うために生まれてきたような二人が、公安局で死闘を繰り広げる。

互いに持つのは拳銃。

距離を取り、撃ち合うも、そんなものでは決着がつかない。どちらの弾も互いが盾にした障害物に弾かれ、やがて弾は尽きる。

相手も弾切れになったと見るや、即座に狡噛は警棒を引き抜いた。鉄骨を飛び越え、一気にジャックドーへ迫る。

相手の頭蓋骨をかち割るつもりだった一撃は、巨大なナイフで防がれた。

「息子たちの仇」

両手にナイフを一本ずつ構え、ジャックドーが斬りかかる。

感情剝き出しの一撃を警棒でいなし、強引に弾き飛ばす。地面に落ちたナイフを蹴って、遠くへやった。呆れが口からこぼれ出る。

「親が親なら、子も子だな」

「……だまれ！」

一本になったナイフで、なおもジャックドーは向かってくる。警棒で受け止め、火花が散る。激しい打ち合いに、拳と蹴りも混ざり合う。

互いに致命打は避けている。長引きそうだとうんざりしたところで、ジャックドーが距離をとった。

そのまま、まっすぐ狡噛の心臓を狙い、ナイフを突き立ててくる。

だが、狡噛はこれを好機とナイフを胸で受け止めた。

硬い音がして、ナイフは狡噛の肉まで届かない。虚を突かれたジャックドーを狡噛が捕らえた。鼻骨を折る強烈な拳を至近距離から叩き込む。衝撃で飛ばされたジャックドーが崩れた鉄骨にぶつかり、その首が嫌な音を立てて折れた。

二度と動かぬ男に、狡噛は吐き捨てる。

「地獄で教え子と戦争してろ」

それが、戦争に生まれ、戦争を生み、戦争しか知らぬこの男には相応しい。

狡噛はジャケットの胸元をはだけ、己の命を守ったモノを見た。古い拳銃。狡噛の、罪の象徴。槙島の命を奪ったその銃は、ずっと共にあった。まさか、こいつに命を救われる日がくるとは。

君が行く先も地獄だ。僕もそこで待ってる。

もう、ずいぶんと聞いていないはずの亡霊の囁きが聞こえた気がして——狡噛は皮肉めいた笑みを浮かべた。

時間だ。

エントランスから動き出すその前に、灼は狡噛へと確認を入れた。

「狡噛さん、まだ生きてますか？」

『その間抜けな質問は、わざとか？』

ぶっきらぼうな返答がすぐ戻ってくる。

「よかった」

これで、話が進められる。灼は細かい説明を省いて、要点だけを伝えることにした。どうせ、長く話しても伝えられることも理解してもらえることも少ない。

「花城さんから、連絡ありました？」

『何？』

「いいですか？　もうすぐあなたに『梓澤を逃がせ』と指示がきます」

『どういう取引なんだ、それは』

「とにかく、そうなります」

強引に話をまとめると、狡噛から呆れた声で聞き返された。

『俺にどうしろと？』

「動かないでください。俺と梓澤を一対一にしてほしい」

『断る』

にべもない。まあ、そうだろうな、と思う。どうやって、説得するか——と考えていると、炯が通信に割って入った。

『狡噛さん』

『ん？』

『俺の相棒を信じてくれ』

炯の言葉で、狡噛は止まらない。それでも、信じてくれと言ってくれる相棒の存在が嬉しかった。彼がいる限り、自分はどこへだって行ける。

『悪いがカカシになる気はない』

きっぱりと断る狡噛に、さらに霜月までもが通信に混ざってくる。

『ちょっとあんたら！』

もうぐだぐだだ。

『下っ端どもが、何揉めてんの!?　行動課が裏切るわけ？』

「全部、梓澤の計画です」

それだけで、霜月は理解してくれたようだった。さすがは課長。この人が上司でよかった。

『勝算はあるのね？』
「はい」
短く頷く。炯が重ねて狡噛に頼んだ。
『狡噛さん、頼む』
『誤解するな。信用していないわけじゃない。だが、俺が梓澤を確保する』
「やっぱり止まってくれないか」
しかたない。狡噛には狡噛の流儀がある。ああいう人は、簡単には動かせない。
狡噛の言葉に、課長が宣戦布告を返す。
『ここまでされておいて、外務省なんかに梓澤を渡すんじゃないわよ』
続いて、信頼を込めた命令が出された。
『慎導監視官、あなたに全て任せます！』
「了解」
必ず、狡噛より先に梓澤を確保する。
それが灼の為すべきことだ。
局長室の前では、今にもヴィクスンが室内へ乗り込もうとしていた。
傍らには戦闘用ロボットの姿もある。

間一髪だ。

非常階段を駆け上がってきた廿六木は、充電済みのショットガン型ドミネーターをヴィクスンへと向ける。

「間に合ったぁ！」

だが、ヴィクスンは焦ることなく戦闘用ロボットに命じた。

「いけ」

ショットガン型ドミネーターにデコンポーザー機能はない。

ロボットはヴィクスンの盾となるため、廿六木へと向かってきた。

灼には狡噛にはないアドバンテージがある。

その強みを十全に生かすために、灼は梓澤へと通信を入れた。

「聞こえるか、梓澤」

『みんなに聞こえてるよ』

すぐにふざけた声が返ってくる。

「ケリをつけよう。……逃がしはしない」

『逃げる？　なんの話だ？』

「外務省だよ」

とぼけさせる気はない。お前の考えていることはお見通しだと、言外に匂わせてやる。

慎導篤志の指導を受けた者同士、はっきり言葉にせずとも、梓澤は灼の言いたいことをくみ取ったようだった。声からふざけた調子が消える。

『ギャラリーが多い。別の回線で話す』

すぐに回線が切り替わった。小畑が守り抜いている秘匿回線だろう。

『はい、どうぞ』

梓澤の目の前に、食いつかざるを得ない餌を投げてやる。

「父さんが俺に教えてくれた、世界の秘密を教えてやる」

『それはなんだい？』

期待にか、わずかに梓澤の声がうわずった。

「直接、会って話す」

『なら、〈パスファインダー〉が君の相棒を殺した後になるね』

脅迫を口にし、梓澤が通信を切った。

だが、その言葉に、灼は梓澤が焦っていることを確信する。

灼に炯を見捨てるか助けるか選択させようとしているのが見え見えだ。そんなものに乗るわけがない。

灼は炯を信じている。

ロボットに足止めさせ、ヴィクスンは局長室へ踏み入った。

ソファに座るカリナを見るや、即座に連発で銃弾を撃ち込む。

カリナの目が驚きと苦痛に見開かれ——その体にノイズが走った。

……まさか。

カリナの体が消滅する。

自分が撃ったものがホログラムだったことに気づいたヴィクスンは、すぐさま室内を見回した。デスクの陰に動くものを認め、そちらにも銃を撃つ。隠れられた。

家具の陰を移動するそいつを追いながら、周囲を警戒する。

何かが投げつけられて、とっさにそれを撃った。

周囲に白い煙が広がり、ヘアスプレーの缶だったことに気づく。一瞬、目と鼻をついた刺激臭に動きが止まり——そこへ、横合いから炯が飛びかかった。

ライフルを押さえられたものの、蹴りを入れて間合いを取る。ついで放った弾はかわされた。もう一度距離を詰められ、蹴り合いとつかみ合いの末、曲芸のように鮮やかにマガジンを抜かれる。

棒きれになったライフルを投げ捨て、ナイフを摑む。

だが炯は臆せず、ナイフを持ったヴィクスンの手を摑んだ。ヴィクスンは反対側の拳を振りかぶる。

しかし、ヴィクスンの拳が炯の額に届く寸前、ドミネーターが突きつけられた。

死ぬ。

死の確信に体がこわばる。

だが、炯はドミネーターを撃たなかった。

なぜか、彼はそれを捨て、自分の腕を折る勢いで押さえ込み、動きを奪われる。逃れようともがいた瞬間、口に何かを入れられ、飲み込まされた。

「今だ都知事！」

呼ばれたカリナが唇をハンカチで拭き取った。

とにかく、この場からは逃れなければ。

生存本能だけで、ヴィクスンは床を転がり、距離を取る。

立ち上がり、体勢を立て直した瞬間――無慈悲なシビュラの銃口が輝いていた。

**『犯罪係数・オーバー三〇〇』**

死が、放たれる。

――遺言を遺す間もなく、ヴィクスンはただ血と肉をその場にまき散らし、絶命した。

ようやくヴィクスンを倒した。

もっともそんな感慨に浸る余裕も、警戒を緩ませることもなく、ヴィクスンのデバイスから梓澤の声が聞こえた。

『ヴィクスン、予定の時間だ』

ここから上手くいくかどうかは、マカリナ次第だ。上手く梓澤を出し抜くことができれば、灼に大きな手助けをしてやれる。

「頼むぞ、マカリナ」

祈るように、炯は呼びかける。

呼びかけに応え――マカリナがホログラムの姿を現した。

返事が遅い。

ヴィクスンにしては妙に空いた間に、梓澤は再び呼びかけた。

そろそろ、会議室から動きたい。

「おーい、どうしたの？」

『都知事を殺した』

今度はすぐにかすれた声で返答があった。手元のデバイスを確認する。カリナにつけた追跡装置から得られるデータには、確かに死亡の文字があった。

「ご苦労さん」

『義務を果たしただけだ、脱出する』

感情のこもらないねぎらいに、あちらからも同じような温度の報告が返ってくる。これで、もう彼らにしてもらうことはない。

「ああ、こちらも報酬の準備ができた。あとは好きに復讐したまえ。……それじゃ」

淡々と必要事項だけを告げると、梓澤はピースブレイカーたちのタスクに、終了を記し——最後まで残った、たった一つの愛用の道具へ連絡を入れた。

『小畑ちゃん、お待たせしました』

「遅(おせ)えんだよ、阿呆(あほう)」

聞き慣れた小畑の毒舌が、なんだかとても愛(いと)しい。

どんな結末を迎えるにせよ、彼女と過ごす日々が終わりに近づいているからかもしれなかった。自分の中にそんな感傷が残っていたことに、おかしくなりながら、梓澤は会議室を後にする。

世界の秘密まで、あと少しだ。

っ

たく、ロートルにはきついぜ。

戦闘用ロボットに腹を蹴られ、廿六木は毒づいた。

非常階段までおびきよせたものの、ショットガン型ドミネーターはこいつ相手じゃ、ただの棒きれだ。課長の拳銃だって、銀玉鉄砲にしかなりゃしねえ。

だが──それでも、負けるわけにはいかない。

ドミネーターを棍棒代わりに打ちかかる。あっさりと受け止められ、逆にまた腹に鋼鉄の膝が入った。ばかすか蹴りやがって馬鹿野郎。俺はボールじゃねえんだぞ。

「オッサンを舐めるなぁっ！」

雄叫びを上げ、低い重心からのタックルでロボットの足を取る。重い。だが、残っている力の全てを振り絞って、持ち上げる。

そこへ、ドミネーターを拾い上げた霜月が駆け寄った。

「刑事課を……」

ショットガン型ドミネーターを振りかぶり、ロボットの顔面をぶん殴る。

「舐めるなぁっっ!!」

廿六木に足を取られ、傾いていた体にさらなる衝撃を加えられて、戦闘用ロボットは階段の手すりを乗り越えて、そのまま落下した。

踊り場に鋼鉄の体が叩きつけられ、各部から煙が上がる。

「お疲れ、廿六木」

「余裕だぜ」

霜月のねぎらいに、拳をぶつけて応える。

体はきつい が……こういう気分は悪くない。

如月と入江は、医務室を守っていた。

ベッドには、未だ目を覚まさない唐之杜がいる。ここを襲わせるわけにはいかなかった。しかし、外からは脱走犯たちが迫りくる音が聞こえる。扉が破られるのも、おそらく時間の問題だろう。

入江が真剣な顔を如月に向け、拳銃を軽く持ち上げた。

「破られたら、これを使う。目、閉じとけ」

入江らしからぬ気遣いに、思わず目を丸くしてしまう。そして、不似合いなオルゴールのことも思い出し、こんなときなのに口元がほころんだ。

「バカ。いまさら、色相の心配してる場合？」

本当に馬鹿なんだから。そう思いつつも、悪い気分じゃなかった。最悪の誕生日だけれど、今日はこいつの今まで見たことない面ばかり見てる。

もし、今日を乗り切ったら——今までとは少しだけ、違う関係もあるのかもしれない。

と、扉をこじ開けようとしていた金属音がふいにやんだ。

入江が扉に耳をつけ、外の様子を窺う。

「……ん？」

二人は目配せし、外へ出ることにした。入江が拳銃を構え、先に出る。

しかし、そこには誰もいなかった。

持ち主を失った電磁槍がむなしくカラン、と床に落ちる。

「誰もいねぇ……」

如月も廊下に出たが、人の気配はまったくなかった。

狐につままれたような気分だ。


狡噛はエレベーターに乗り、会議室へ向かっていた。

梓澤はそこから指揮をとっているはずだ。

デバイスから、今の飼い主である花城フレデリカが話しかけてくる。

『奴の罠にあえて、のる』

「公安局との間で綱渡りか？」

何を交換条件に出されたのか、またずいぶん面倒な話だ。

『正義のための汚れ仕事。それが我々の役目よ』

エレベーターを降り、無人の廊下を歩き出す。正義のため……ね。うさんくさい言葉だ。しかし、そういうものが必要であることも、この数年でわかっていた。

もう、このビルで、刑事課で、監視官として青い正義を振りかざしていた頃には戻れない。時は巻き戻せないのだ。

『あなたが一番得意でしょ』

それには答えず、通信を切る。

拳銃を構え、会議室へと乗り込んだ。

だが、すでに梓澤の姿はない。残されていたのは、彼が使っていたデバイス一式と、飲みかけのお茶だけ。そして、梓澤の代わりに、会議室へ入ってきたのは――

「外務省は梓澤との取引にのった」

まだ青い正義感を瞳に残した後輩、炯・ミハイル・イグナトフだった。

狡噛の足止めをする気満々で、炯が会議室の扉をロックした。

揺るぎないその姿は、眩しく、どこか懐かしい。だからといって、この場を譲ってやるつもりは微塵もなかった。

「だからどうした。俺が奴を確保する。そこをどけ、監視官」

ゆっくりと炯へ近づいていく。

「梓澤は灼が確保する。必ずやり遂げる」

譲る気がないのは、あちらも同じだった。間合いを計るように、炯も狡噛を見据えながら歩いてくる。炯の硬質な瞳が狡噛を射た。

「誰にも邪魔はさせない」

互いに、違う正義を追う二人の男が対峙する。

「一人に頼りすぎるな」

そのあまりにも、かつての自分にも宜野座にも似た頑（かたく）なさに、似合わない助言をしてしまった。

「最後はチームプレイがものを言う」

どの口が、と思いながらも、言わざるを得なかった。それで止まる男じゃないのはわかっている。とはいえ、やたらに暴力を振るいたいわけでもない。

「それに、やめておけ」

これが最後の忠告だ。

「お前じゃ俺は止められない」

忠告は、挑発と受け取られたようだった。

もう、あと数歩というところまで近づいてきた炯がファイティングポーズをとる。

「いや、止める」

信じるもののために、拳が握られる。

「これが俺たちのチームプレイだ」

損な役回りだ。

そう思いながら、狡噛も構えをとった。

地下駐車場で、灼のドミネーターが梓澤の姿を捉える。

シビュラの裁定が、冷たく下された。

**『犯罪係数・八〇・執行対象ではありません・トリガーをロックします』**

「犯罪係数八〇」

ほぼ予想通りの数字に灼はドミネーターを降ろした。

「俺が後手に回るとはねぇ」

梓澤も同じだったのか、ドミネーターを向けられたことによる動揺は見えない。

「しかも意外と犯罪係数高いし、ケアしなきゃ」

まったくそうは思っていない口調で言う梓澤。その隣にはふてくされたような顔をした小畑の姿もあった。明日の天気でも聞くように、梓澤が問う。

「都知事、生きてるの？」

「ああ」

灼が頷くと小畑が舌打ちした。梓澤がやれやれと肩をすくめる。

「〈パスファインダー〉も見かけないし、参ったねぇ」

言葉ほどに参ったと思ってないのは明白だ。なにせ、梓澤にとって、ゲームの本番はここから。

灼にとっても、チェックメイトまでの気の抜けない時間が始まる。

分析官ラボは、すでにもぬけの殻だった。

廿六木が悪態をつく。

「クソッ、逃がしたか」

霜月は即座に雛河に通信を入れると、指示を出した。

「雛河、すぐにビル内を掌握して。一般職員の安全が最優先よ」

『了解』

雛河からすぐに返事がある。

梓澤は灼に任せるしかない。言ったからには、必ず確保してもらう。外務省なんかに負けたら、ただじゃおかないんだから。

……頑張りなさいよ。

心の中で部下にエールを送り、霜月は再び己の為すべきことを始めた。

まだ残っていた脱走犯たちは、地下駐車場に集められていた。

梓澤が彼らの前に立ち、教祖のように導く。

「さあ、みんなで脱出するんだ」

人を煽動するためだけに作られた声が、脱走犯たちを煽った。

「必ず逃げ延びれる！　急げ！」

判断力をなくした羊の群れは、あっさりと牧羊犬（シェパード）を装った〈狐〉の誘導に騙（だま）される。

「おお!!」

駐車場にある車を乗っ取り、脱走犯たちが我先に逃げ出す。

行き着く先は崖の下だとも知らずに。

脱走犯たちを見送った小畑が、呆れを口にする。

「虫よりバカだろ」

その小畑に梓澤が呼びかけた。ピクニックにでも誘うように。

「じゃ、僕らも行こう、小畑ちゃん。……よろしく」

「ふん、最速で行ってやるよ」

小畑は護送車の運転席に、梓澤は護送席に分かれる。

そこで、梓澤はあのいけすかないデカ、灼と向かい合っている。

梓澤の目指す場所へ、向かうために。

なぜ、そんなところに行きたがるのか、小畑にはさっぱりわからない。

だけど……そこがこいつの終着点だと言うのなら、最後まで付き合ってやろう、と小畑は思っていた。けして、情が移ったわけじゃないけれど。


急に公安局から、大量のパトカーが発車してきた。

外で待機していた宜野座が、真っ先に異変に気づく。

「車を出せ。犯人が逃げる」

おそらく中で動きがあったはずだ。

だが、あのパトカーが味方なら、狡噛なり霜月なりから連絡があっても、おかしくない。そうでないということは――

あの中の、どれかが犯人だ。

目くらましに誤魔化されず、確保しなければならない。

宜野座の言葉に、相良と米谷は一瞬あっけにとられたが……そこは彼らも公安局の刑事だ。すぐに動き始めた。


公安局ビルの中程あたり――

局長が落下した場所を見下ろせる位置へ出ると、霜月は雛河へ命じた。

「ドローンを回して。……私が操作して、局長の遺体を回収する」

それは、霜月にしかできないことだ。

今、刑事課で唯一、局長の正体を知っているのは霜月だけなのだから。

まだ、彼らのことを知られるわけにはいかない。

シビュラの……霜月の信じる社会を維持するために、最優先でやっておかなければならないことだった。


おかしい。

代銀が所有していたはずのチップとカードが、瞬く間に静火のもとへと移っていく。

代銀の長い〈ビフロスト〉での戦いの中でも、こんなことはあり得なかった。歴戦の老人の顔が信じられない、というものへ変わる。

「なんだ、これは……」

代銀の困惑をよそに、〈ラウンドロビン〉が淡々と宣告する。

**『リレーション継続』**

そして、確定していたはずの勝利条件が覆された。

**『小宮カリナの死亡を確認できません』**

「なんだと……」

代銀の目が大きく見開かれる。

気がつけば、静火がいつもの澄んだ湖面の瞳で代銀を見つめていた。

「あなたの投資は完璧でした。人間とは思えないほどに」

裏を含んだその言葉に、代銀は己の策略が気づかれていたことを悟る。静火は〈ラウンドロビン〉と同じように、感情を含まない声音で、代銀を暴いていく。

「人工知能にこだわるそのスタイル……なんのことはない」

静火がデバイスを手にする。全てを……明らかにするために。

「あなた自身が人工知能を使っていた」

デバイスが操作されると同時に、代銀の姿にノイズが走った。まるで、演説の際に、妨害を受けた小宮カリナのように。

同時に、静火の隣にもう一人の代銀が姿を現す。

衣服を着ていない、素の代銀のアバターホログラム。マカリナと同じＡＩ、人工的に作られたもう一人の代銀が。

「人工知能に対抗できるのは、人工知能だけ」

だから、自分も〈マカリナ〉を使わせてもらった、と。静火の瞳はそう言っていた。水のように静かに、そして気づかれることなく、代銀を侵していた毒がついに牙を剝く。

「ホスタイル・テイクオーバー」

敵対的買収。まさか、ここまでチップを奪われるまで、自分が気づかなかったとは。そして、この若造が、そこまでの毒を隠し持っていたとは！

「あなたの買収先にポイズンピルを仕込みました」

もはや、静火の言葉は勝利宣言でも、死刑宣告でもなかった。ただ、ひたすらに、冷酷に今から起こりうることを伝えてくるだけだ。……シビュラのように。

「まもなく、全財産を失います」

役目は終わった、とばかりに、代銀のアバターだったホログラムが、マカリナの姿へと変化した。

そして、今さら、梓澤から通信が入ってくる。

「梓澤」

『どうもです。調子はいかがですか?』

悪びれる様子のまるでない梓澤に、思わず代銀は声を荒らげた。

「小宮カリナがまだ生きているぞ」

『ええ、知ってますよ』

だからどうした、と言わんばかりの調子だった。それを聞いた代銀にはわかった。わかってしまった。梓澤すら……もう、自分の手駒ではないのだ。

『やっと手が届きそうなんです』

今まで、ついぞ見せたことのないような野心溢れる声をしていた。

『コングレスマンの椅子より、素敵なものに』

この男は〈狐〉たちとも、他のインスペクターとも違った。飼い慣らし、操れるような獣ではなかったのだ。梓澤は、野に還っていくことを選択した。もう代銀には持ち得ないような、若くギラついた獣の声が響く。

『これが俺自身の選択ですよ。……それじゃあ、お達者で』

長年の付き合いからすれば、あっさりとしすぎた別れの言葉を最後に……梓澤が通信を切ってきた。もう二度と、このデバイスが繋がることはないだろう。

敗北だ。完全なまでの敗北だ。

代銀は天井を仰ぐと、ふっとその唇に笑みを浮かべた。

「……やられたわ」

そして——人生の全てを吐き出すため息をついて……肩を落としたのだった。

未だ、封鎖された公安局の前に車が停車した。

外務省の車だ。

三係の監視官二人、そして宜野座と共に彼女を待っていた霜月は、花城が降りてくるなり、彼女を睨んだ。

花城もまっこうから霜月の視線を受け止める。

「梓澤は逃げたのね」

宜野座が簡潔に答える。

「おそらくは」

霜月はゆっくりと花城へ歩み寄った。

「梓澤はうちの監視官が追い詰めてる。邪魔したら、許さないからね」

灼は梓澤を確保すると言った。なら、自分は上司として、それをバックアップする。あらゆる妨害から、灼を守る。そのためなら、花城にケンカも売る。

「だいぶ助けてるつもりだけど……責任はとれるの？」

心外だ、と言いたげな花城をまっすぐに見つめた。責任？　そんなもの、あの人がいなくなって、刑事課の課長なんて椅子に座ったときから……ううん、クラスメイトを亡くして、刑事になると決めたときから、ずっと、とる気でいる。

何より、私は――

「私は部下を信じてる」

会議室で、狡噛と炯は殴り合っていた。

なんとしてでも、ここで狡噛を食い止める。

灼と梓澤の邪魔をさせない。

そんな気迫を感じる。

炯の腕はけして悪くない。きちんと軍隊で訓練を積んだものの動きだ。鋭く速い拳は、気を抜けば一瞬で、狡噛の意識を刈り取ることもできるだろう。

だが、甘い。

（……綺麗過ぎるんだよ）

おそらく、炯のいた場所より、狡噛の方がもっと多くの泥をかぶっていた。狡噛が元々齧っていたのはシラットだったが、今はそこに様々な流派が混じっている。

いや、流派なんていいものじゃない。

ただただ、戦場で、自分が死なず、相手を殺し、磨き上げた殺人術だ。

互いに出方を探り合うような拳の応酬が、じょじょに激しくなっていく。最初こそ、互角だったが、やはり狡噛が有利だ。

致命打を避け、炯のスタミナを奪う形で打撃を入れてやれば、少しずつ動きが鈍くなっていく。そうして出来た隙を見つけ、片腕を後ろへねじり上げた。そのまま、壁に押しつけ、動きを押さえる。炯の口から、苦痛のうめきが漏れた。

肩を外すつもりで、完全に腕を極めにかかる。

そうしながら、炯のデバイスがついた手首を、会議室のドアロックに押しつけ、強引に扉を開けようとしたが――

しかし、炯もおとなしくしているつもりはないらしく、強引に振りほどこうともがく。

焦れた狡噛は腕を炯の首に回し、頸動脈を締め上げたが、逆にきつい肘打ちをみぞおちに叩き込まれた。たまらず、腕を放す。

それでも、相手が間合いを取り直すより速く、顎に肘をぶち当てる。炯の脳が揺れ、ふらついたところで、腕を摑んで、今度こそデバイスをドアロックに押しつけた。

監視官デバイスにより、会議室のロックが解除される。

扉が開く。

ぼろぞうきんのようになった炯の腕を放し、狡噛は悠然と会議室を出ていこうとした。

だが。

床に倒れたはずの炯が、狡噛にしがみつく。

「絶対に……行かせない……」

どこに、そんな力があるのか。完全に気を失わせるしかないか——そう思ったとき、炯のデバイスに霜月から通信が入った。

『監視官、今どこ!?』

「狡噛さんと、ちょっと話を……」

『とっとと私たちと合流して！　いい？』

「了解」

通信が切れると同時に、狡噛は炯を振り払った。

……おそらく、梓澤はもう灼と一緒だ。これ以上、炯の相手をする必要はない。炯も、それを信じているのか、それ以上、すがってはこなかった。ただ——

「灼が……」

言葉だけは、まだ負けていなかった。

「勝つ。絶対に……！」

相棒の勝利を疑わないその言葉が、狡噛の胸を深く刺す。

試合に勝って、勝負に負けた気分だった。

かつて……自分がこの男が相棒を信じるほどに佐々山を信じていたら。あるいは宜野座を信じていたら。もしくは……彼女を信じていたら。自分は、今でも公安局で刑事（デカ）をやっていられたのだろうか。

今さら言っても、せんのない話だった。

狡噛はかつての自分たちに似ていて、同時にまるで違う男に背を向けたまま、休戦を告げてやる。

「とにかく、ここまでだ。……いいな？」

「ああ。続きは……また今度……」

そう言い残して、炯は完全に意識を失った。

「二度と御免だね」

まだやる気かと半ば呆れながら、狡噛はせめてもの優しさで、壁に彼をもたれさせせ、座らせてやる。あとは今の刑事課が回収してくれるだろう。

意識のない炯の顔を見下ろしながら、これくらい負けん気が強くなければ、確かに刑事なんかできないな、とも思う。こいつには、自分や宜野座のような間違いは犯してほしくなかった。

できれば、自分からあまり見えないところで、強くいい刑事に育って欲しい。

公安局前で待機する霜月のもとに、意外な相手から通信があった。

表示されたアイコンと名前に驚く。

「えっ?」

『私だ』

聞こえてきた声も、よく知った声だった。

「局長?」

禾生壌宗。公安局の前局長、その人だった。

いや、公安局の局長はシビュラ内部の脳が持ち回りでやっていることを考えれば、今でも局長であると言っても問題はない。

彼女は、余計な前置き抜きに、本題に入った。

『すぐに、こちらへ来たまえ。敵の位置が判明した』

敵。

おそらく、それは梓澤のことではない。

シビュラがずっと追っていた、梓澤以上の敵。それは……霜月にしか対処できない。

霜月はすぐさま、三係の監視官及び、合流できた執行官たちに後のことを伝え、自分は禾生のもとへと駆け出した。


護送車両は、静かに移動している。

外の景色はまるで見えない。運転席の様子もわからない。

護送席で、灼と梓澤は二人きりだった。

梓澤が、ゲームの続きを始めよう、と切り出す。

「君は〈ビフロスト〉をどう理解した？」

「いまさら俺が予想しても意味がない。お前が答えろ」

ここまできて、まどろっこしい言葉遊びはしたくなかった。梓澤も灼が乗ってくるとは思っていなかったらしく、あっさりと説明してくれる。

「〈ビフロスト〉とはね、元々、〈シビュラシステム〉運用初期にデバッグを行う極秘部署の名称だった。その立場をシステム開発の出資者たちが利用し、あらゆる手でシビュラの盲点と己の利益だけを作り出す形に変貌させた」

「なぜ罪を犯す?……ずっと隠れていればいいだろう」

わざわざ表舞台に姿を現す必要はない。むしろ、動けば動くほどに、シビュラや世間に存在がばれる危険性は上がる。彼らがやっていることが、営利行為だというのならば、罪を犯すことは、リスクにリターンが見合っていない気がした。

灼の疑問に、梓澤が答える。

「それは、元々デバッグシステムの都合らしい。永遠に富を増やし続けるために、必要な手順だそうだ」

必要な手順。デバッグシステム。永遠に富を増やし続ける。ただの営利行為ではない、ゴールのないマラソンなのだとしたら……灼の中で歯車が噛み合った。

「シビュラは進化し続けている。盲点はどんどん削られているはずだ」

「そう。今は椅子取りゲームの真っ最中だ。最終的に、盲点はなくなる」

盲点がなくなれば、シビュラのバグを利用して、利益を得ることはできなくなる。なくなるのならば、作り出すしかない。そして、今回作られようとしていた、シビュラの盲点とは――

「それを防ぐために、小宮カリナが必要だった」

梓澤の発言を灼は訂正した。

「小宮カリナじゃないだろ？」

「おお！　正解！」

芝居がかった仕草で、梓澤が手を叩く。

「ＡＩマカリナだ」

マカリナは人間じゃない。だが、あの選挙を通して、シビュラは――

「シビュラが人工知能に被選挙権を認める。そこに新たな盲点が生じる」

存在しないはずの市民。色相を持たない市民。彼らが社会にどんな影響を与えるのか、今の灼には見当がつかない。そして、おそらくシビュラにとっても……未だ、全ては計算され尽くしてはいないのだ。

拾い上げたピースを置いていくように、灼は言葉を並べていく。

「マカリナの開発自体、〈ビフロスト〉の計画だった」

今までの事件が繋がっていく。

「小宮カリナの立候補も……当選も……」

パズルのピースが、埋まっていく。

「そのとおり」

梓澤が正解だ、と頷いて、次は自分のターンだと笑った。

「じゃ、次はこっちの番だ。……〈シビュラシステム〉の正体って？」

「予想はついてるんだろ？」

口で説明するつもりはない。梓澤も時間潰しに聞いただけだったのか、はたまた己の予想が正しいのかを確認したかったのか……灼に答えさせるのはあっさり諦めて、予想を話し始めた。

「人間の脳機能を拡張し、人が人を超え、神の領域に踏み込んだテクノロジーだ」

当たらずとも遠からず。梓澤があの狂った空間を正確に予測しているかどうかは、わからないが、いい線をいっている。

「この狂ったカオス理論の世界に、ようやく生まれた公正なジャッジ」

梓澤の声が、表情がどんどん熱意を帯びていく。

「その価値ははかりしれない」

まるで、狂信者のようだった。灼はようやく本性を見せた梓澤の目を見据える。

「お前の本当の望みは……」

そして……答えを突きつけた。

「自分が〈シビュラシステム〉の一部になること」

それが、梓澤の望みだった。

梓澤が狂気に満ちた、嬉しげな笑みを浮かべる。

「一〇〇点をあげよう」

二人の運命は、今、終着点にたどり着こうとしていた。

ノナタワー。

護送車から降りた梓澤が、小畑へ声をかけてきた。

「じゃ、合流地点で」

「しくじんなよ、ボケ」

「小畑ちゃんも気をつけて」

いつもどおりみたいなやりとりで別れる。

だけど……遠ざかっていく梓澤は二度と戻ってこない気がした。

あいつは嘘つきだから。

きっと、小畑にだって、本当のことは最後まで言ってくれない。

ノナタワー深部。

何もないはずの壁の前で、灼と梓澤は立ち止まった。

ドミネーターから聞こえるものと同じ、澄んだ女神の声が響く。

『**ようこそ・慎導灼・梓澤廣一**』

壁のブロックがパズルのように動き、隠されていた地下への階段が現れる。

**『そのまま・まっすぐ進んでください』**

開かれた扉に、梓澤が感慨深げに呟く。

「シビュラはいつだって、正しい選択をする」

そして、迷わず深淵の穴の奥へ踏み込んだ。灼も、後を追う。

……そう、シビュラはいつだって正しい選択をする。

モニターには、ノナタワーを進む灼と梓澤の姿が映っていた。

沈黙し、リレーションを終える準備をしている〈ラウンドロビン〉を前に、代銀が最後の感想戦を静火へ申し込む。

「君はいつ、私に勝てると確信した？」

「最初から、ずっとですよ」

この席についた、その日から。

ただ、予想していたよりも早く勝利できたのは確かだ。

あの……有能な公安局の刑事たちのおかげで。

代銀が饒舌に話す。やはり、これが……最後だからか。

「君の養父、劫一郎を追放したのは、私と裁園寺だ。君の復讐は達成したわけか」

それは、誤解だ。

「いいえ、あなたの存在は、私の動機とも、父の願いとも関係ありません」

復讐など、望んではいなかった。

父の望みはただ一つで、自分はそのために作られ、育てられた。マカリナと同じだ。

代銀が冥土の土産に、と問う。

「では……君の目的とは？」

「〈ビフロスト〉の破壊」

それが、父の目的で、自分が作られた意味だった。

「そのためなら、自分の命すら、どうでもよかった」

ＡＩが、望まれたプログラムを実行するように、ただ静火は〈ビフロスト〉の破壊に全力を尽くし、人生を賭した。

そして、もし、破壊した先に、まだ自分の命があるのなら――

だが、静火の思いが形をとる前に、〈ラウンドロビン〉が、ゲームの終了を告げた。

**『全アクションの破綻を確認・〈ラウンドロビン〉から・パージします』**

代銀の座る椅子が、灼熱のような赤に染まる。

「若いな。いらだたしいほどに……」

この老人には、見透かされたのかもしれなかった。

静火の薄っぺらさも、そして……かすかに生まれていた静火自身の願いも。

「君が作る社会を見られないのが、残念だよ」

まるで静火の未来を祝福するような言葉を遺して。

「お会いできて、光栄でした」

〈ラウンドロビン〉から放たれた、裁きの光が代銀を灼く。

裁園寺のようにあがくこともなく、ただ、ただ、王者のように堂々と。

〈ビフロスト〉の創世から生き残ってきた老怪物は、笑って生涯を閉じた。


ノナタワーの最奥。

整然と人の脳が収められた培養槽ブロックが並び、時折、浮き上がっては動いていく
その光に包まれた部屋に、梓澤たちは踏み入った。

梓澤が、陶然と〈シビュラシステム〉を見つめる。

「ああ……これが神だ」

絶対の正しさを求めてきた男は、今、ようやく確信を得ていた。

「この世で唯一、この目で見ることができる、神だ」

こここそが、自分の理想郷だったのだ。

一方、禾生に連れられ、霜月もノナタワーに来ていた。

〈シビュラシステム〉のある場所へ向かうのとは、また違ったエレベーターに乗せられ、降りていく。深い、深い場所へと。

世界にはまだまだ自分の知らない闇がある。

その闇の深さを噛みしめるように、霜月は呟いた。

「こんな場所が……ノナタワーに……」

「存在していたが、認識できなかったエリアだ」

禾生がそう言うことは、〈シビュラシステム〉の力が及ばなかった場所ということだ。果たして、そこにはいったい何がいるのか。

エレベーターが最深部に到達する。

ドミネーターに似た青い光で照らされた、廃墟のような架け橋を霜月は禾生と共に進んだ。ここはとても寒々しい。忘れられたような場所だった。

自分は、また知るべきでないことを知るのかもしれない。

それでも、霜月は前へと進む。

それが……霜月美佳という女が選択した生き方だ。

自分以外のコングレスマンは、全て死亡した。

唯一、席へ残った静火に〈ラウンドロビン〉が問いかける。

**『あなたは・現在唯一のコングレスマンとなりました・新たな人員を指定しますか？』**

「〈シビュラシステム〉を指定します」

それが、〈ビフロスト〉を破壊する、唯一の方法だった。

デバッグシステムであった〈ラウンドロビン〉は役目を終え、〈シビュラシステム〉のもとへと還り、一つになる。それが……世界のあるべき姿だった。

〈ラウンドロビン〉が、それに抗（あらが）うように問いを重ねる。

**『その選択は推奨されません・本当に実行しますか？』**

「実行します」

静火の答えは変わらない。〈ラウンドロビン〉が再び確認する。

**『実行した場合・修復は不可能です・本当に実行しますか？』**

「速やかに」

三度の確認を以て、〈ラウンドロビン〉はついに静火の選択を受け入れた。

自らの破滅に向かう選択肢を承認し、作業を開始する。

**『移行措置を開始します』**

静火は、まるで自分自身の葬儀を見守るような気持ちで、それを見つめていた。

丸い扉が開き、奥に部屋が見えた。

おそらく、あれが敵の本拠地だ。

霜月はドミネーターを構え、禾生の前に立つ。

「お気をつけて」

禾生は答えず、ただ霜月を黙って促した。警戒はしつつも、霜月は歩き出す。

なんの妨害を受けることもなく……短いトンネルを経て、霜月たちはその部屋にたどり着いた。

三角形の形をした不思議な巨大テーブル。その上空にはネジのような形のホログラムが、淡く青い光を放ち、浮かんでいる。

テーブルの一角には、まるで人形のように整った顔の青年がいた。

霜月は彼に声をかける。

「あなたがコングレスマンね」

「はい、そうです」

彼は否定しなかった。逃げようともしなかった。

ただ……静かに、何かを待っているように、テーブルを見つめていた。

やがて、大きく銅鑼の音が鳴り響き、威厳ある男性の声が聞こえてくる。

**『権利委譲手続き・完了・新コングレスマン・〈シビュラシステム〉を認定』**

禾生の瞳が、青く光るネジを映し――霜月のドミネーターが〈シビュラシステム〉として、青いネジに話しかけた。

**『ようやく会えましたね』**

感情というものを持たないはずの〈シビュラシステム〉なのに、その声はどこか旧友を懐かしんでいるように、霜月には感じられた。

**『併設型自動デバッグ診断修復サブシステム・通称〈ラウンドロビン〉』**

ラウンドロビン、と呼ばれたネジのホロを挟んで、右脳と左脳を示す、シビュラのアイコンホロが近づいていく。

そこで気づいた。

あれは……ネジではなく、脳幹だったのだ、と。

**『我々は・あなたを必要としないほどに成長しました・これまで・よく働いてくれました・感謝します』**

分かたれていた脳が、一つになる。

きっと……シビュラはまた一歩、真の完全というものに近づいたのだ。

〈シビュラシステム〉と〈ラウンドロビン〉が溶け合い、一つになって消えるのを、霜月は呆然と見上げていた。

隣で同じようにそれを見上げていたコングレスマンの青年が、霜月に向く。

「あなたの部下もあちらに」

青年が指した先に、モニターが表示される。

そこには〈シビュラシステム〉の最奥に立つ、灼と梓澤の姿があった。

さらなる衝撃に、思わず霜月は叫ぶ。

「慎導監視官！」


予想通りの光景だった。

人間の脳を拡張すると言っても、一人の脳にできることは限度がある。

なら、複数の脳を並列化して繋ぎ、まるで一個の巨大な脳のようにしてやればいい。

そして、そんなシステムならば……自分をきっと受け入れてくれる。

自分以上に、この場に相応しい人間はいない。

初めて会う友人にでもするかのように、芝居がかった仕草で、梓澤は脳の集まりへと軽く挨拶する。

「ごきげんよう、〈シビュラシステム〉。コングレスマンは処分した？」

**『〈ビフロスト〉は消滅しました・システムへの貢献に感謝します』**

「これで俺は才能があるだけの、普通の人間だ」

梓澤は解き放たれた自由に歓喜した。

「世界を包む、硬いくるみの殻を砕いてのち、真実を知った」

〈シビュラシステム〉に、求婚する。
「俺を迎えてくれ、シビュラ」
一世一代のプロポーズだった。
「俺も、神になりたい」
この世界のどこにも、梓澤の求める正しさはなかった。
みんな、間違っている。みんな、間違える。
だから――
「本当の居場所を手に入れたい」
唯一無二の、正しさを持つ場所。
〈シビュラシステム〉の中こそが、梓澤廣一の生きるべき場所だった。
だが――
**『不可能です』**
シビュラの答えを、梓澤は一瞬、理解できなかった。
**『システムを構成できるのは・一般倫理に囚われない・特徴的視野を持つ者のみ』**
何を、言ってるんだ？
俺が一般倫理に囚われているとでもいうのか。
俺は、いつだって選択肢を与える側にいて……ただシビュラが与える選択肢を享受しては間違える一般人どもとは違ったはずだ。

俺が、特別ではないというのか⁉

俺が、俺が、俺が——この梓澤廣一が！

**『あなたは・そうではありません』**

「何、言ってるんだ」

シビュラの言っている意味がわからない。理解できない。理解したくない。

**『慎導灼』**

必死に女神の愛を乞う梓澤の前で、女神は別の男の名を口にした。

やめろ。その先を言うな。

**『我々は・あなたを歓迎します』**

梓澤廣一の世界が壊れた。


「俺がこいつより、劣っているというのか？」

初めて怒りを剝き出しにした梓澤を、灼は哀れだと思った。

「優劣じゃないんだ、梓澤」

〈シビュラシステム〉についての梓澤の予測は、ある程度までは当たっていた。だが……誰が受け入れられるかについて、彼の考えが間違っていただけだ。

灼は梓澤に世界の真実を教えてやる。残酷な、真実を。

「免罪体質っていう素質なんだ」

「免罪体質……そうか」

耳慣れない単語を口の中で転がし、梓澤は灼の肩を強く摑んだ。

「どうすればなれる？」

**『免罪体質は生得的です・あなたの年齢で発現した例はありません』**

一縷(いちる)の望みを託した梓澤を、〈シビュラシステム〉がさらに砕いていく。

**『梓澤廣一・〈シビュラシステム〉は・あらゆる可能性を検討せねばなりません・あなたには・その能力が欠けています』**

それでも、梓澤は諦めきれない。

彼が今まで選択肢を迫ってきた者たちのように、間違っているとわかっていても、〈シビュラシステム〉にすがっていく。

「待ってくれ、俺のシステムは？」

**『あなたのそれは・都合のよい二者択一に過ぎません』**

〈シビュラシステム〉が梓澤を斬り裂く。

**『我々は・色相か命かという選択を課しはしない』**

突き刺す。

**『免罪体質者は・生まれつき罪人であり・聖人である存在』**

叩き潰す。

**『あなたはどちらでもなく・ただの独善的なゲーム愛好者です』**

そして、まっこうから切り捨てた。

……灼には、こうなることがわかっていた。

梓澤が肩を落とす。このまま、諦めてくれ、そう思った。

だけど梓澤は顔を上げ、シビュラの脳たちが収められている光り輝くプールへと踏み込んでいく。

「俺を入れてくれ。俺がダメなはずがない」

そうすることで、受け入れてくれると信じるように。

「何かの間違いだ」

いや、信じているわけではもうない。ただ……そうせざるを得ないのだ。

自分の人生の全てが間違っていたとは、信じられないから。

「梓澤」

灼はドミネーターを向け、彼を呼び止めた。

「〈シビュラシステム〉を目指した時点で、お前の負けは決まっていた」

立ち尽くす梓澤の背中を、ドミネーターの銃口が見つめる。

**『対象の脅威判定が更新されました・執行モード・ノンリーサル・パラライザー』**

梓澤の犯罪係数は一一八。

執行モードもノンリーサル・パラライザーだと言いながら、ドミネーターはその形態をエリミネーターへと変化させた。

「待ってくれ」

灼はドミネーターの構えを解き、抱え込んで、訴える。

「梓澤の犯罪係数は殺すほどじゃなかった」

**『彼を処分してください』**

だが、シビュラの答えは変わらない。ドミネーターの形状もだ。

うつむいたままだった梓澤が、低い声でつぶやいた。

「いいさ。……いずれシビュラも俺が必要だったと気づく」

そんな日は来ない。

だが、梓澤にはそれがわからない。いや、わかっていたとしても……飲み込むわけにはいかないのだろう。

聞き分けのない子供に言い聞かせるように、シビュラが灼に命じる。

**『対象を処分してください』**

「ダメだ！　俺は撃たない！」

**『対象を処分してください』**

　ついに、ドミネーターではなく、〈シビュラシステム〉たちからも命令が発せられた。

　そんなことは間違っている。灼は耐えきれずに怒鳴った！

「シビュラのルールから、外れたやり方だ！」

　自分たちで、規範を決めたくせに。

　都合が悪いとなれば、それをねじ曲げるのか。

　そんなのはまるで……人間じゃないか！

「梓澤の犯罪係数を計測してくれ！」

　必死に訴える灼に、梓澤が焦れたように振り返った。

「さっさとやれ！」

　ずかずかと大股で灼に近づいてくる。

「この世界に未練はない！　シビュラに殺されるなら、本望だ！」

　梓澤がドミネーターを摑み、強引に灼から奪おうとする。

「シビュラが俺に死ねと言ったんだ」

　梓澤の目は本気だった。

「さっさと俺を殺せ」

　本気で、シビュラの命じた〝死〟が正しい、と信じていた。

拒絶され、切り捨てられて、なお梓澤は絶対の正しさをシビュラに夢見て、それだけにすがりついていた。

「死んでいい人間などいない」

だから、灼はそれをまっこうから否定する。

シビュラに受け入れられる灼は、だからこそ、今のシビュラにない正しさを叫ぶことができる。間違っていると、叫ぶことができる。

「俺はたくさんの人間に共感してきた」

メンタルトレースで重なってきた、多くの人の面影が浮かぶ。

「正義のために罪を犯す人、他人のために死ぬ人」

誰もが生きていたくて、生きている資格のある人だった。死ぬべき人だなんて、誰一人としていなかった。

「〈シビュラシステム〉には、罪人もいるだろ!?」

『**我々はシステムの一部になったことにより・罪と罰も超越したのです**』

灼の血を吐くような叫びすら、〈シビュラシステム〉には届かない。ここに罪人はおらず、罰を受けるものもいない。罪も罰も作り出すのはシビュラであり、生前、罪人であったとしても、シビュラの一部になったことで、それは失われたのだ。

それでも灼は訴えることをやめられない。

システムではない人間に、与えられた権利があるはずなのだ。

潜在犯という言葉で、シビュラが奪った権利があるはずなのだ。

「だからって、罪を償う権利を奪うな！」

だから、自分は梓澤に罪を償わせる、という灼の決意に、梓澤が激昂した。灼の手首を掴み、ドミネーターから引き剝がす。

「俺が償うことなど、何もない！」

灼は梓澤を突き飛ばし、距離を取った。ドミネーターに手をかける。

「俺はドミネーターが嫌いだ！」

人から罪を償う機会を奪ったこの銃が嫌いだ。

「でも、一つだけ気に入ってる」

その部分に目を向ける。シビュラの裁きを下すこの銃の中で、一つだけ、人間の意志が残されているその部分を。

「それは引き金がついてることだ。撃つことの責任は、ドミネーターを握る人間にまだ残されてる」

だからこそ、自分たちが……刑事がいるのではないのか。

ルールを無視して殺せというのならば、自分たちは、刑事課はいったい何のために、悩み苦しみ、事件を追ってきたというのか!?

「そうじゃないのか!?　〈シビュラシステム〉!!」

灼の慟哭に、〈シビュラシステム〉がついに動いた。

宙に浮いていた脳たちが、ブロック内へと収納されていく。

**『審議します』**

脳たちの並列化が行われ、高速で灼の提案が審議されていく。梓澤廣一を殺すべきか、否か。そして……罪に対する、新たなアプローチを受け入れるか、どうか。

**『審議結果が出ました』**

結論が出るまでに、さしたる時間はかからなかった。

**『免罪体質者・慎導灼の提案を受け入れます』**

灼の持つドミネーターが姿を変え、ノンリーサル・パラライザーへと、人を殺さずにすむ姿へと変貌する。灼は改めて、ドミネーターを梓澤へ向けた。

だが、梓澤はそれをよしとしなかった。

灼につかみかかり、力任せに顔面を殴ってくる。

拳をもろに鼻へと食らって、つん、と血の味が喉にまで流れた。痛みで頭がぐらついたところへ、二発、三発とさらに拳を振ってくる。

ドミネーターを持つ手首を握りこまれ、押さえこまれながら、灼はひたすらに梓澤の拳を受け続けた。

なんとか反撃を試みるものの、梓澤の方が一枚上手だ。

腕をとられ、ひねられ、思いっきりシビュラのプールへと投げ飛ばされる。

起き上がって、ドミネーターを梓澤に向ければ、犯罪係数がレッドゾーンへと踏み込み始めていた。

**『対象の脅威判定が更新されました』**

犯罪係数二三〇オーバー。

このまま犯罪係数が上がり続け……三〇〇を超えれば、ルールの上でも梓澤は死ぬ。

「どうだ、俺の犯罪係数は」

立ち上がろうとした灼を蹴り飛ばし、梓澤が問う。そのまま体勢を戻せない灼は、飛びかかられ、倒れ込んだところを裸絞めに捉えられた。梓澤の鍛えられた腕が、灼の頸動脈を絞め上げてくる。

「俺はシステムにとって、どのくらい危険だ？」

気が遠のきそうになる。殴られた痛みが、かろうじて意識をつなぎ止めていた。梓澤が耳元で叫ぶ。

灼の答えを聞くためか、少しだけ腕の力が緩んだ瞬間に、転がって無理矢理、絞め技から逃げた。追撃を避け、なんとか立ち上がる。息が、苦しい。

だが反撃に移ることはできなくて、再び梓澤にマウントを取られた。

「俺の能力を、シビュラの破壊につぎこんだら、どうなる？」

梓澤が、灼の顔に拳を叩きつけながら、駄々をこねる子供のようにわめく。ひどく殴られている右頬が痛い。熱い。もう目があまり開かなくなってきた。それでも、梓澤は殴るのをやめない。

まるで、シビュラにとって危険だと判断されるまで、犯罪係数を上げようとしているかのようだった。いや、実際、そうなのだろう。

拒絶された。死を望まれた。梓澤にとって、それは正しかった。

なのに、灼のせいで、その正しささえ否定された。

ならば、梓澤に残された選択肢は——シビュラの許す死しかない。

「俺はどこまでやれる？」

さあ、撃て、殺せ、と梓澤が灼の首を絞める。

灼は力を振り絞って、足を振り上げ、梓澤の背中を蹴った。無様に転がって、梓澤から逃げる。おまえの望む決着など、つけさせはしない。

立ち上がり、ドミネーターを向ける。

**『犯罪係数・二七〇』**

大丈夫。まだ、殺さずに捕らえられる。

だが、梓澤は灼の表情からそれを悟り、銃口を押さえて撃たせまいとする。やめろ。

これ以上、抵抗するな。これ以上、犯罪係数を上げるな。

俺は……おまえに生きて、償わせたい！

灼はがむしゃらに梓澤へ不格好なタックルを食らわせた。走って、押し戻して、倒そうとする。それでも、梓澤に腕をとられて、綺麗に一本背負いされた。

背中を強打し、息が詰まる。

倒れた梓澤が灼を蹴り飛ばし、踏みつけ、けしてドミネーターを撃たせない。なおも足にしがみつく灼を梓澤が蹴りつけ、さらに爪先を振り上げた。

そのとき。

横合いから、滑るように脳を収めたブロックが梓澤へと近づいてきた。

梓澤が思わず顔を上げ、シビュラの一部であるそれを反射的に避けようとして、バランスを崩す。

それを好機と灼は梓澤の足を払った。

梓澤が転倒する。

光の飛沫（しぶき）を上げながら、灼は転がり——今度こそ、ドミネーターで梓澤を捉えた。

『**犯罪係数**——』

梓澤の顔が、歓喜なのか、狂喜なのか、笑みの形を取る。ドミネーターの告げる犯罪係数は指向性音声だ。梓澤には聞こえない。……あまりの灼の必死な形相に再び、ドミネーターが変形することを確認した顔だった。

だが、ドミネーターは変形しない。

不殺を決めたドミネーターの引き金を灼は引く。

『**二八八**』

——間に合った。

パラライザーの光が、梓澤の意識を刈り取る。

彼は……幸せそうな顔で気を失った。

ボロボロになりながら、灼はようやく勝利を宣言する。

「梓澤廣一……逮捕する」


一連の逮捕劇は〈ビフロスト〉ルームでも映されていた。

二人の結末を見守っていた静火が口を開く。

「あなたたちは面白い」

禾生は顔色一つ変えずに同意した。

「君もな」

そして、静火へ問いかける。

「これから、どうしたい？」

「自分は基本的に凡庸な人間です。普通に暮らせれば、それでいい」

「そんな君に任せたい仕事がある」

唯一勝ち残ったコングレスマンであり、〈ビフロスト〉解体の立役者である彼を遊ばせておくことはできなかった。

成しうる者が為すべきを為す。

それが、シビュラ社会だ。

「引き受けます」

静火は間髪を入れずに頷いた。

「悩まないな」

おそらくそういう人間なのであろう。だが、それでこそ、頼みたい役職には相応しい。

ただ、静火は一つつけくわえてきた。

「条件があります」

なるほど。

禾生は霜月へ簡潔に命令を下した。

「慎導灼を迎えに行け」

ついでに、彼女が案じているであろう部下の処遇も伝えてやる。

「彼はこのまま監視官を続ける」

「はい！　了解です！」

霜月は嬉しそうに頷くと、灼を迎えにいくために走っていった。

〈ビフロスト〉ルームには禾生と静火だけが残される。

二人きりになったところで、静火が切り出した。

「もう一つ条件が……常守朱の解放を」

そうきたか、と思った。だが、悪い話ではない。

「我々が保留していた事態に、決着をつけてくれるというのかね？」

「結果的には」

静火は穏やかに微笑んでいる。

確かに、シビュラのデバッグシステムたる〈ラウンドロビン〉に従事していた男が、我々の保留していた案件に着手する、というのは正しい仕事と言えた。

禾生は高速で審議を申請し、そして裁可は下りた。

答えだけを、静火へと告げる。

「この社会は、今までの君の生活に比べれば、かなり不自由だぞ」

「その不自由さを期待しています。『不自由で自由』。本当の人生とは、そういうものかと」

最初に見たときは澄んだ湖面のような瞳の男だった。

だが、今はどうだろう。

新たな立場を得た彼は、ひどく獰猛な瞳へと変わっていた。

あるいは……これが本来の法斑静火だったのかもしれない。

肉食獣の笑みを浮かべる静火に、禾生も笑みを返す。

「やはり、君は変わっている」

だが、こういう人間の持つ多様性こそが社会を進化させていくのだろう。


梓澤に手錠をかけ終わった灼は、ふらふらと立ち上がった。

「次は俺の脳が取り出される番かな？」

せっかく父が自分のことを守ってくれたのに。のこのことやってきてしまった。おまけに灼の提案はシビュラに承認されてしまったし。

正直、ろくな未来が見えない。

梓澤を逮捕した後、ぱったりと何も言わなくなった〈シビュラシステム〉に灼は呼びかけた。決めるなら、決めるでさっさとしてほしい。生殺しは嫌だ。

「ねえ、シビュラさーん！　答えてくださいよー！」

が、灼に答えたのは〈シビュラシステム〉ではなかった。

「何が〝シビュラさーん〟よ、このバカ」

部屋に入ってきた霜月に、灼は驚く。

「課長？」

だが、霜月は動じることなく、灼へと近づいてきた。

「あなたを連れて帰るよう、言われたわ」

「ちょ、ちょっと待ってください。課長、まさかシビュラの正体を……」

そうでなければ、ここにいる説明がつかない。

「長くなるから、後で話す」

だが、霜月はそれだけ言って、さっさと梓澤の様子を確認しにいってしまった。あれは……本当に後で話す気があるのかどうか。

早く来い、と睨まれて、灼は梓澤を背負った。

確かにこれ以上、ここにはあまりいたくない。さっさと退散すべきだ。

痛む体に鞭打って、梓澤を背負い、部屋を出る。

霜月がドミネーターを構えて、先行してくれた。

と、廊下に出てふらついたところで、誰かが横から支えてくれた。知らない青年だ。育ちのよさそうな顔に、仕立てのいいスーツ。爽やかないい匂いまでする。

「あなたは？」

「君に投資した者だ」

そんなことを言って、青年は灼に肩を貸し、梓澤を運ぶのを手伝ってくれた。

「正解だったよ」

「はぁ……」

何が正解で、彼が自分の何に投資したのかはさっぱりわからない。

だけど、少なくとも今、この人は自分を手助けしてくれてる。悪い人じゃない。

後のことはもう、後で考えよう。

なるようになるさと疲れた頭で考えるのをやめ、灼は青年と共に霜月の後を追った。


船着き場には、まだ雪が降っていた。

小畑は温かいコートを着て、傘を差して、梓澤を待つ。

迎えの車が来ても、梓澤は来なかった。

「なんだよ」

わかってたはずだった。

あいつは終着点へ行ったんだ。

もう、戻ってこないなんてわかっていた。

車から外務省の三人が降りてくる。

花城と、狡噛と、宜野座。

こいつらが連れていってくれる先に梓澤はいない。

もう――二度とあの日々は戻らないのだ。

それでも、一抹の期待をしていた自分に気づいてしまって、小畑は毒づく。

「来ねえのかよ、クソ野郎が……」

そのつぶやきは、雪のように、儚く溶けて消えた。

霜月は灼と共に、静火をホテルへと護送した。

公安局の息がかかったホテルだ。

パトドローンが二体、静火の側につく。

彼が逃げるとは思っていないが、念のために釘だけ刺しておく。

「このホテルから出ないように。これから、長い聴取が待ってるわ」

「ええ、きっと長い付き合いになる」

そう言うと、静火は二人に背を向け、ドローンと共にホテルへ入っていった。

霜月はといえば、なんとも言えない気持ちだ。

正直……静火のようなタイプはあまり得意でない。できるだけ短い付き合いになることを祈るばかりだった。

顔中に痣を作って、空を見上げていた灼がぽつりとつぶやく。

「やみましたね」

「そうね」

雪は、もうやんでいた。

「課長、僕が運転しますよ」

「了解、任せたわ」

部下の申し出に、素直に甘えることにする。

長い夜だった。

これからもまだまだ後始末は残っているけれど……今はとにかく、広いお風呂にお気に入りの入浴剤を入れて、足を伸ばしたい。

霜月美佳は後部座席で、ゆっくりと目を閉じた。


灼が公安局に戻ると、エントランスはまるで野戦病院だった。

人々の間を、ケアドローンがせわしげに動き回っている。

そんな中——目当ての人物を見つけ、灼は微笑んだ。

「ただいま」

「無事でよかった」

炯が同じように微笑む。

互いに無事というには、ちょっとボロボロな姿だった。灼はきっと顔中面白い模様になっているし、炯も顔のあちこちに傷テープを貼り、右腕を吊っている。

でも、生きていた。

ちゃんと、また会えた。

だから……灼は笑って、報告する。

「うん。事件は解決した」

そんな二人の間に、カリナが割って入る。

「あなたって、最悪な護衛よね」

「心配してくれました？」

灼の軽口に、カリナは少しだけ拗ねたように灼の顔を見つめ……くすっと笑った。

「いーえ、全然」

あなたなら大丈夫だと思ってた、とカリナ流の信頼を表され、灼も思わず笑ってしまう。そのまま、炯も含めて、三人はしばらく笑い合っていた。


ニュース画面では、カリナが今回の事件について述べている。

都庁のプレスセンターで弁舌を揮うカリナは、マカリナの力を借りつつも、都知事に相応しい堂々とした振る舞いを演じていた。

『公安局の捜査により、今件の主犯はけして入国者ではなく、国内の反シビュラテロ組織と判明しました。今件は入国者を規制する根拠とはなりません。我々は、この事件を教訓に日本人と入国者が、よりお互いの立場を理解し、歩み寄るきっかけにしなければいけないと考えています』

これからも問題は起こり、公安局の事件も新たな波紋を呼ぶかもしれない。

それでも、カリナは、マカリナと共に進んでいく。

自分が大好きな人たちと手を取り合って、生きていける未来を目指して。

所沢矯正保護センター。

その奥にある独房で、常守朱は優雅にコーヒーを嗜んでいた。

独房といっても、十分な広さがあり、重厚な書斎といったイメージで整えられた室内は快適だ。扉に鉄格子がはまっていることさえのぞけば、悪くない虜囚生活だった。

数日前に起きた公安局ビル襲撃事件のことも、すでに聞いている。

今日は、それについて、ひさしぶりに〈シビュラシステム〉と対話していた。

スピーカーを通して、シビュラが朱に問いかける。

**『慎導灼が我々の外で生きていくことも・予想していたのですか？』**

「さあ？　それは彼次第だった」

朱は万能の女神ではない。

慎導灼の決断は、彼のものだった。とはいえ、彼がシビュラの外で生きていくとなった以上、彼には期待した役割がある。

「彼のオプションは検討したの？」

**『システムを一般公開する際・彼を橋渡しとする件は検討済みです』**

「私が言っているのは、法が彼の命を保障するということ。同じように、システムが公開されたとき、法があなたたちを守るはずよ。……同時に縛りもするけど」

〈シビュラシステム〉に受け入れられる存在でありながら、シビュラの外で生きる彼が、法に守られ、法に縛られる存在であること。

それは……いずれ〈シビュラシステム〉が絶対の正義でなくなったときに、必要となることだ。〈シビュラシステム〉は、システムであって、それ以上でもそれ以下でもない。

いつだって、未来を作るのは人だ。

法もシステムも、そのためにある。

それをわかっているのか、いないのか……シビュラは次の報告に移った。

**『常守朱・これより・あなたの望みとは別に・ある程度の自由が与えられることになりました』**

「え？」

また、何かが動き出そうとしていた。


灼は、父の墓前に手を合わせていた。

本当は父の死の真相を知ってから、来るつもりだった。

だけど……どうしてもお礼を言いたかったのだ。

灼を、ずっと人として守り、育ててくれたことに。

おかげで灼は人として、友人と生きていられる。

「奇遇だな」

背後から声をかけられ、振り返れば宜野座がいた。手には、手桶とひしゃく。見るからに墓参りに来た様子だった。

「あなたも、お墓参りに？」

「親父の七回忌でね」

その表情は穏やかで、何かを乗り越えた男の顔だった。

互いに墓参りを終え、帰り道を並んで歩く。

一緒に帰る必要はなかったが、宜野座にはこの危なっかしい後輩が、どうにも放ってはおけなかった。

なにやら、自分に聞きたそうな顔をしていたからかもしれない。

街路樹を包むホロはすっかり桜になっていて、雪の降る公安局襲撃事件から、ずいぶん時間が経ったような気がしていた。

どうせなら、本物の桜が見たいな。

などと考えていたら、ようやく灼が口を開く。

「あの……刑事の息子が、今は外務省にってどんな感じなんですか？」

そういえば、彼の父は監視官だったか。

まったくタイプが違うが、案外、似たところもあるのかもしれない。

自分は絶対親父とは違うと頑なに反発し続けたが、結局はよく似ていた父のことを思い出し、宜野座は答えてやった。

「親父の気持ちがわかったよ」

守りたいものが、あったのだ。

捨てられないものが、あったのだ。

亡くしてからも、すぐに気づいたわけじゃなかった。自分も執行官になり、その立場さえ捨てて、外務省へ渡って……そうして、積み重ねていくうちにわかっていった。

父が、征陸智己（ともみ）という男が、何を守ろうとしていたのかを。

「あの人も刑事であり続けるため、執行官になった」

「目的と立場……どちらのためでしょう？」

そんなことを聞くあたり、青いな、と宜野座は苦笑する。まるで、昔の自分のようだった。いや、どちらかというと、昔の朱かもしれない。入ってきたばかりの朱は、自分からすればくだらないことでばかり悩んで、ぶつかっていた。

今なら、それがどれだけ大事なことだったかわかる。

そして……この危なっかしい後輩に答えてやれる言葉も。

「目的さ。立場を守るために行動する人間に、ろくな奴はいない。……昔の俺だ」

失った腕が重い。戒めには、ちょうどいい重さだった。

せめて灼には同じ間違いをしてほしくないと、おせっかいな忠告をする。

「君も、目的を見失うなよ」

「大丈夫です」

顔を上げ、笑った灼の瞳は澄んでいた。

ガラス玉のような澄み方ではなく、光を受け、輝く意志ある澄んだ瞳だった。

「最初に会ったときより、いい顔だ」

心の底からそう言って、宜野座は灼と別れた。

もう宜野座は監視官でも執行官でもない。

彼とは違う道を行く。自分の目的のために。

それでも……灼の行く道に幸運があることを、宜野座は舞い散る桜へと祈った。


唐之杜は、六合塚の車椅子を押しながら、公園を歩いていた。

事件が終わって、六合塚のことを知ったときは、霜月を絞め殺してやろうかとも思ったが、同時にあの場で知っていたら、自分が冷静に動けていた自信はない。

それでも、六合塚の無事な顔を見たときは、柄にもなく泣いた。

もう、潜在犯ではなくなった唐之杜に、六合塚が尋ねる。

「これから、どうするの?」

「とりあえず、新しい家を探せって……もう面倒くさくて」

不動産の手続きなんて、するのは初めてかもしれない。潜在犯になる前に住んでいたマンションは両親が手続きしていたはずだ。そして、今さら、家族やら親族やらに頼ろうという気はまったく起きない。

六合塚が唐之杜と目を合わせず、早口で言った。

「私のマンション、部屋余ってるわ。駅近で、しかも共有の自動運転車つき」

不器用すぎるプロポーズに、思わず意地悪してしまう。

「それって便利なの?」

至近距離で顔をのぞき込むと、六合塚がぎょっとし、そして拗ねたように唇をとがらせた。だけど逃げることなく、もう一度、踏み出してくれる。

「住めばわかるわよ」

なら、とりあえず六合塚と住んでみるのもいいかもしれない。

一度、死にそうにもなったことだ。

目の前にある幸せを、とりあえず摑んでみよう。

彼女としてみたいことは、山のようにあるのだから――


刑事課一係はすっかり通常業務に戻っていた。

コーヒー片手にうろうろしていた廿六木は、如月のデスクにやけにかわいらしいメリーゴーラウンド型のオルゴールを見つけて、つっこんでしまう。

「趣味悪ぃオルゴールだな、乙女か」

即座に入江が怒鳴ってきた。

「天さん、殺すぞ！」

「なんでお前が怒るんだよ！」

あ、まさか……と思っていると、当の如月にまとめて怒られた。

「朝からうるさい！　二人とも！」

そのまま揉め始める三人を雛河がなだめる。

「まあまあ」

そして、とっておきのニュースを提供した。

「皆さん、今日は刑事課再編人事の発表ですよ」


厚生省応接室。

霜月は、そこで田上（たがみ）厚生大臣と向かい合っていた。

恐縮する相手だが、そこまではいい。いつものタブレットで大丈夫だ。だが、厚生大臣の隣に座っている彼が問題だ。

「霜月くん、君に紹介しよう」

田上が人のよさそうな笑顔で、隣に座る青年を紹介する。

育ちのよさそうな顔立ちに、仕立てのいいスーツ。爽やかなコロン。どこか穏やかな湖を思わせる、その青年は――

「法斑静火くん。公安局の新局長だ」

「はい？」

信じたくない人事発表に、思わず聞き返してしまった。

「総理の承認済みだ。上手くやってくれよ。お互い、優秀さは折り紙付きだ」

「よろしく頼みます、霜月課長」

どの面下げて、とはこのことだった。開いた口がふさがらない。だが、田上はのんきにも静火を持ち上げている。

「こんな人材が厚生省にいたとはね。シビュラ適性も完璧だ」

「早速ですが、刑事課の人員補充の観点から、あなたにも補佐をつけることにしました、課長」

「へ？　補佐？」

そりゃ、猫の手も借りたい忙しさではあるが――

「収監中の常守朱。彼女を来月付けで、法定執行官として、刑事課の任につけます」

そりゃないだろう。

今度こそ、霜月は天を仰いだ。

メンタルタブレットの追加注文は決定だ。もう箱で買うしかない。

捕らえられた梓澤は、隔離施設に入所させられていた。

カプセルホテルのような独房の中で、ぼんやりと天井を見上げる。

自分はシビュラに選ばれなかった。

そして……シビュラの脅威にすら、なれなかった。

「シビュラの正体」

ぼそり、とつぶやく。

思い出すのは、自分の野望を砕いた男の父だ。

恩師であり、結局、超えることなんてできなかった相手。

慎導篤志。

彼は……シビュラの正体も、シビュラになれる者も知っていたはずだった。

「だから、俺を置いていったんですか……篤志さん」

もう答えは返ってこない。


収容施設の扉が開く。

朱がここから出るのは、もっと先のことだと思っていた。

そして……迎えに来るのは別の人だとも。

だけど、朱は今、陽光の下へと歩き出て、目の前には狡噛慎也がいる。

「迎えに来た」

懐かしさに、朱は微笑んだ。

まるで、ここだけ数年前に巻き戻ったみたいだった。

狡噛がわずかに目を伏せ、朱に謝る。

「すまん」

「なんで狡噛さんが謝るんですか？」

狡噛が謝る必要なんて、なかった。いろんなことが重なって、誰もが悪くて、誰もが悪くなくて、自分たち二人はここにいる。

だけど、またここから歩き出せる。

暗くなりそうな空気を払拭するように、朱は軽い調子で話しかけた。

「なんだか、お腹すきました」

「いきなりメシの話か？」

「何かおごってください」

「ふっ……了解だ」

監視官と執行官だった頃のように、狡噛が微笑む。

今はもう、立場も道も違うけれど。

だけど……今だけは昔みたいに、狡噛と朱は二人で車に乗り込んだ。


朱が刑事へと戻ったその夜。

灼は、炯と舞子とひさしぶりに夕食を共にしていた。

朱の帰還を知った炯が、期待たっぷりに口を開く。

彼女が戻った以上……今まで、停滞していた事件の調査をやっと進めることができるだろう。烔の気持ちは灼にもよくわかった。

「家族に何があったか、やっとわかる」

「たとえ、どんな真実が待っていても、俺たち三人なら乗り越えられる」

烔の差し出した拳に、灼も自分のそれを打ちつける。

舞子が嬉しそうに笑った。その反応に、灼は舞子の瞳を見る。

「もしかして……見えてる？」

「ときどき、ぼんやりと輪郭が見えるの」

「そうなんだ」

喜ばしいことだった。

奪われたものが、また一つ、戻りつつある。

それは灼にとって、とてつもない吉兆だと思えた。

食事を食べ終わり、烔と灼は二人でベランダに出ていた。

灼がふらふらと逆立ちして遊んでいる。

「よっと……」

いい機会だと、烔はずっと気になっていたことを切り出した。

「なあ……お前の精神操作の話だが」

「なあに？　突然？」

「俺と舞子を、操ったことがあるのか？」

「うーん……」

灼が逆立ちしたまま答える。

「実は、炯を一回だけ」

それはいつだ？

灼のことを信じてはいるものの、思わず彼を見る目が鋭くなる。だが、灼は炯の予想から外れた答えを返してきた。

「舞ちゃんにさっさとプロポーズするよう、後押しした」

「え？」

思わずきょとん、となる。

逆立ちのまま、にやり、と笑う灼。完全にいたずらが成功した子供の顔だった。

「へへっ」

「ははっ」

笑う灼に、つられて炯も噴き出す。

なんだか……いろいろどうでもよくなった。

もし、灼がそれ以外に炯や舞子を操っていたことがあったとしたって、きっとそれは二人にとって悪いことじゃないはずだ。気にすることじゃない。

だが、ひょいっと姿勢を戻した灼が、炯に向き直った。

真剣な顔をしている。

「俺……他にも秘密がある。……今回の一件で」

刑事になる、と決めたときみたいな顔をしていた。自分に言えないところで、たぶん勝手にいろいろ背負ってきたんだろう。でも、それはお互い様だった。

だから、炯もお返しに、と打ち明けてやる。

「実は俺もだ」

「いつか話すよ、約束する」

今は、とは言わなかったし、炯も言えなかった。でも、いつか話せることなら、灼を疑う理由にはならない。ザイルはしっかり握られているのだから。

「ああ、俺も……」

灼の約束に、炯も同じものを返す。

「約束だ」

二人の誓いを、星が見守っていた。

数日後。

局長室に灼と炯は揃って呼ばれていた。

目の前にいるのは、元コングレスマンである法斑静火……そして、二人を公安局へ呼び寄せたともいえる常守朱だった。

異例の人事の連続だが、〈シビュラシステム〉の選んだことだ。ちらりと隣の炯を覗きみたが、神妙な顔をしていた。灼も姿勢を正す。

静火が二人に向かって話しかける。

「二人とも、これまでどおり頼りにしています。君たちの優秀さは、よく知っている」

「はい」

お行儀良く、炯と揃って返事をする。

「では、両名に事件資料を開示します。詳細は彼女から、直接、聞いてください」

静火が朱に目を向け……そこで彼女がようやく口を開いた。

「その前に、お礼を言わせてください」

ずっと独房に閉じ込められていた元監視官。

裁かれない罪を犯してしまった女。

そう呼ばれている人だとは思えない、まっすぐな瞳が灼たちを見つめる。

「慎導監視官、イグナトフ監視官。ありがとう」

そして、彼女はついに語り始める。

「あなたたちに全て話します」

覚悟を決めた瞳で。

「二年前、何が起きたかを――」

本書は、集英社文庫のために書き下ろされた作品です。

本文デザイン／アースブレス

## シリーズ第一巻!!

PSYCHO-PASS
サイコパス 3〈A〉
吉上 亮
サイコパス製作委員会

魂が数値化され、巨大監視システムによって治安が維持される近未来。新人監視官・灼と炯は、輸送用ドローン墜落事故の捜査をするうち、何者かが仕掛けた巧妙な犯罪の影を感知した――。

緊迫の都知事選!!

PSYCHO-PASS サイコパス 3 〈B〉

吉上 亮

サイコパス製作委員会

東京都知事選が始まった。アイドル政治家・小宮カリナと薬師寺康介の火花を散らす選挙戦。しかしその最中、事件は起こる。刑事課一係は、選挙の背後で蠢（うごめ）く何者かの策謀を止められるのか。

# 信仰を巡る戦い!!

PSYCHO-PASS
サイコパス 3 〈C〉
吉上 亮
サイコパス製作委員会

信仰特区構想のPRイベントの最中に爆弾テロが発生、多数の関係者が死亡した。捜査を開始した一係だったが、さらなる爆弾テロが発生する痕跡を発見してしまう――。

# 集英社文庫　目録（日本文学）

- サイコパス製作委員会 華南恋　PSYCHO-PASS サイコパス 3 FIRST INSPECTOR
- 西條奈加　九十九藤
- 齋藤薫　大人の女よ！ 清潔感を纏いなさい
- 斎藤栄　殺意の時刻表
- 斎藤茂太　イチローを育てた鈴木家の謎
- 斎藤茂太　骨は自分で拾えない
- 斎藤茂太　人の心を動かす「ことば」の極意
- 斎藤茂太　「ゆっくり力」ですべてがうまくいく
- 斎藤茂太　「捨てる力」がストレスに勝つ
- 斎藤茂太　「心の掃除」の上手い人 下手な人
- 斎藤茂太　人生がラクになる 心の「立ち直り」術
- 斎藤茂太　人間関係でヘコみそうな時の処方箋
- 斎藤茂太　人の心をギュッとつかむ話し方81のルール
- 斎藤茂太　すべてを投げ出したくなったら読む本
- 斎藤茂太　「断わる力」を身につける！
- 斎藤茂太　先のばしぐせを直すにはコツがある
- 斎藤茂太　落ち込まない 悩まない 気持ちの切りかえ術
- 斎藤茂太　そんなに自分を叱りなさんな 心のモヤモヤ退治法99
- 齋藤孝　数学力は国語力
- 齋藤孝　親子で伸ばす「言葉の力」
- 齋藤孝　文系のための理系読書術
- 齋藤孝　人生は「動詞」で変わる
- 齋藤孝　10歳若返る会話術
- 斉藤光政　戦後最大の偽書事件「東日流（つがる）外三郡誌」
- 早乙女貢　会津士魂一 会津藩 京へ
- 早乙女貢　会津士魂二 京都騒乱
- 早乙女貢　会津士魂三 鳥羽伏見の戦い
- 早乙女貢　会津士魂四 慶喜脱出
- 早乙女貢　会津士魂五 江戸開城
- 早乙女貢　会津士魂六 炎の彰義隊
- 早乙女貢　会津士魂七 会津を救え
- 早乙女貢　会津士魂八 風雲北へ
- 早乙女貢　会津士魂九 二本松少年隊
- 早乙女貢　会津士魂十 越後の戦火
- 早乙女貢　会津士魂十一 北越戦争
- 早乙女貢　会津士魂十二 白虎隊の悲歌
- 早乙女貢　会津士魂十三 鶴ヶ城落つ
- 早乙女貢　続会津士魂一 艦隊蝦夷へ
- 早乙女貢　続会津士魂二 幻の共和国
- 早乙女貢　続会津士魂三 斗南への道
- 早乙女貢　続会津士魂四 不毛の大地
- 早乙女貢　続会津士魂五 開牧に賭ける
- 早乙女貢　続会津士魂六 反逆への序曲
- 早乙女貢　続会津士魂七 会津抜刀隊
- 早乙女貢　続会津士魂八 甦る山河
- 早乙女貢　わが師山本周五郎
- 早乙女貢　竜馬を斬った男
- 早乙女貢　奇兵隊の叛乱

集英社文庫

PSYCHO-PASS サイコパス 3 FIRST INSPECTOR

2021年9月25日　第1刷　　定価はカバーに表示してあります。

著者　華南　恋（かなん　れん）
　　　サイコパス製作委員会（せいさくいいんかい）

発行者　徳永　真

発行所　株式会社　集英社
　　　東京都千代田区一ツ橋2-5-10　〒101-8050
　　　電話　【編集部】03-3230-6095
　　　　　　【読者係】03-3230-6080
　　　　　　【販売部】03-3230-6393（書店専用）

印刷　大日本印刷株式会社

製本　ナショナル製本協同組合

フォーマットデザイン　アリヤマデザインストア　　マークデザイン　居山浩二


ISBN978-4-08-744305-9 C0193